SV

Josef Winkler
Natura morta

Eine römische Novelle

Suhrkamp

© Suhrkamp Verlag Frankfurt am Main 2001
Alle Rechte vorbehalten, insbesondere das der Übersetzung,
des öffentlichen Vortrags sowie der Übertragung
durch Rundfunk und Fernsehen, auch einzelner Teile.
Kein Teil des Werkes darf in irgendeiner Form
(durch Fotografie, Mikrofilm oder andere Verfahren)
ohne schriftliche Genehmigung des Verlages reproduziert
oder unter Verwendung elektronischer Systeme
verarbeitet, vervielfältigt oder verbreitet werden.
Druck: Memminger MedienZentrum AG
Printed in Germany
Erste Auflage 2001

5 6 – 06 05 04 03 02 01

Natura morta I

Der Sohn der Feigenverkäuferin

Natura morta II

Li mortacci tua – Deine verfluchten Toten

Weißer Ginster

Roter Ginster

»Ha un cesto di rugiada
il ciarlatano del cielo«

»Er hat einen Korb aus Tau
der Scharlatan des Himmels«

NATURA MORTA I

»›Nessuno, mamma, ha mai sofferto tanto …‹
E il volto già scomparso
Ma gli occhi ancora vivi
Dal guanciale volgeva alla finestra,
E riempivano passeri la stanza
Verso le briciole dal babbo sparse
Per distrarre il suo bimbo …«

»›Niemand, Mutter, hat je soviel gelitten …‹
Und sein Gesicht erlosch,
Aber mit noch lebendigen Augen
Wandte er sich vom Kissen zum Fenster,
Und Sperlinge erfüllten das Zimmer,
Wo der Vater Krumen gestreut hatte,
Um sein Kind zu zerstreuen …«

MIT WEISSEN PFIRSICHEN und mit einem Strauß roten Ginsters lief ein alter Mann einer gehbehinderten, auf einen Ubahneingang der Stazione Termini zuhumpelnden Frau nach, die in einem durchsichtigen Plastiksack zwischen frischem Gemüse die *Cronaca vera* stecken hatte, überreichte ihr die Blumen und rief der überrascht sich umdrehenden, den Ginster in Empfang nehmenden Frau »Auguri e tante belle cose!« zu, die sich für die Aufmerksamkeit bedankte, ehe sie vorsichtig über die Treppe der Ubahn hinunterschlurfte mit ihrem Pfirsichsäckchen, dem roten Ginsterstrauß, den Liebesleid- und Unglücksgeschichten, den Mord- und Selbstmordgeschichten in der *Cronaca vera*. Vor der rollenden Ubahntreppe kniete ein verschmutzter, einen Pappdeckel mit der Aufschrift *Ho fame! Non ho una casa!* haltender Bettler. Zu seinen nackten Füßen lag ein großes Heiligenbild von Guido Reni, auf dem der Erzengel Michael mit einem Schwert auf den am Rande der Hölle liegenden Dämon niedersticht, der die Gesichtszüge des Kardinals Pamphilj, des späteren Papstes Innocenzo X, trug. Neben dem Heiligenbild, auf dem ein paar zerknitterte Lirescheine lagen, flackerte eine Kerze in einem roten Plastikbehälter. Einer der drei über die rollende Ubahntreppe kollernden Granatäpfel sprang auseinander, rote Granatäpfelkerne rieselten über die Betonstufen hinunter. Unter den gruppenweise vor einem Blumenladen in der Ubahnhalle umherstehenden, buntbekleideten Somalierinnen, die als Dienstboten in römischen

Haushalten arbeiten, bei Bekannten wohnen und noch keine Adresse haben, verteilte ein Mann ein dickes Bündel Briefe mit arabischen Aufschriften. Ein schwarzhaariger, ungefähr sechzehnjähriger Junge, der lange, fast seine mit Sommersprossen übersäten Wangen berührende Wimpern hatte und ein silbernes Kruzifix um seinen Hals trug, las laut die Kritzelei von der Wand der Ubahnstation *Luisa ama Remo. Ti voglio bene da morire!*
In der Ubahn gab zur Begrüßung ein Mann einer Frau einen Kuß und patschte mit seiner flachen Hand mehrere Male auf ihre Kniescheiben, während sie mit der Faust ihrer rechten Hand auf seine Oberschenkel klopfte. Unmittelbar danach, bevor er bei der nächsten Station die Ubahn verließ, küßte er ihre geballte Faust und verabschiedete sich mit »Auguri!«. Neben seiner verknöcherten, eine glitzernde Sonnenbrille tragenden und einen schwarzen Fächer schwenkenden Großmutter saß mit hängendem Kopf ein schwachsinniger, einen leichten Bartflaum auf der Oberlippe tragender Knabe. Sofort tastete er seinen Hosenschlitz ab und schaute, ob der Reißverschluß zugezogen war, als er bemerkte, daß ein Mann auf seine Hüften schaute. An seinem rechten Handgelenk trug er ein Armband in den Farben Roms, auf dem *Roma* eingestickt war. Mit seinem rechten Zeigefinger befühlte er einen hohlen Stiftzahn und beschmierte seine Lippen mit rosarotem Labello. Über dem Kopf des Jungen, auf einem Feuerlöscher, stand mit schwarzem Filzstift *L'Aids nel mondo, il Lazio in Italia!*
Der schwarzhaarige, sechzehnjährige Junge, der lange,

fast seine Wangen berührende Wimpern hatte, ein silbernes Kruzifix um seinen Hals trug und in Begleitung seiner jüngeren Schwester in der Ubahn saß, mit der er zum Markt auf der Piazza Vittorio Emanuele unterwegs war, drückte unter einem Werbeplakat für Pferdefleisch eine weiße Hundewelpe an seine Brust. *Ho scelto la carne equina, perché i bambini ne vanno matti* stand auf der linken Plakathälfte über der Abbildung einer besorgt auf ihre Kinder schauenden Mutter. Auf der rechten Plakathälfte war ein fingerzeigender Arzt im weißen Mantel zu sehen, über dem geschrieben stand *Consiglio la carne equina, perché contiene ferro in misura quasi doppio delle altre carni.* Jedesmal wenn eine junge, solargebräunte, mit vergoldetem Schmuck überladene Frau ein neues Bild aus einem Kuvert zog, auf dem einjährige Zwillinge abgebildet waren, schluchzte sie leise und zog an ihrer Nase. Bevor sie an der Piazza Vittorio aus der Ubahn stieg, streckte sie ihre zehn Finger aus und warf einen kontrollierenden Blick auf ihre Ringe. Eine kleine, feine, rote Lederaktentasche festhaltend, stieg ein Mann mit einem halbwüchsigen marokkanischen Jungen aus der Ubahn und ging unauffällig, ein paar Schritte hinter dem Knaben, die Rolltreppe zur Piazza Vittorio Emanuele hinauf.

EIN MACELLAIO auf der Piazza Vittorio, der über seine rechte Hand einen weißen Chirurgenhandschuh gestreift hatte, an seiner Linken zwei breite Goldringe und am Handgelenk eine goldene Uhr trug, brach den bereits mit einem Hackbeil gespaltenen, enthäuteten

Kopf eines Schafs auseinander, nahm das Gehirn aus dem Schädel und legte die beiden Gehirnteile sorgfältig nebeneinander auf ein rosarotes Fettpapier mit Wasserzeichen. Im silberglänzenden rechten Augenhöhlenknochen – die herausgeschälten Augäpfel lagen auf einem Fleischabfallhaufen – lief eine violett schimmernde Fliege. Ein rotes Stecktuch schaute aus der Brusttasche des blutbeschmierten Fleischhauermantels. Er wickelte die Schafsgehirne ein und steckte sie einer Negerin in ein Plastiksäckchen. Im ausgeweideten Bauch eines mit blutigem Kopf nach unten an einem Fleischerhaken befestigten Lamms staken frische Rosmarinzweige, und an dem in Goldpapier eingepackten Schokoladehufeisen daneben war ein rotes Frauenstrumpfband angebunden. Eine an einem Draht befestigte Kunststoffsonne stak in den Augenhöhlen eines Schafkopfes, der auf einem Haufen gelber, neben- und übereinandergestapelter, mit Rosmarinzweigen verzierter Hühnerbeine lag. Mit geneigtem Kopf – man sah einen großen Leberfleck auf seinem Halswirbel – stopfte ein Fleischerjunge, angestrengt seine Zunge aus dem linken Mundwinkel streckend, Herz, Lunge, Milz und Nieren wahllos dem ausgeweideten Hasen wieder in den Rumpf hinein und legte ihn zurück in die mit Blutstropfen bespritzte Verkaufsvitrine. Durchstochen am Unterkiefer, hing neben einem Wohnungsschlüssel ein blutiger, schwarzer Ziegenkopf mit gebogenen, schwarzen Hörnern.

Das Kleinkind einer jungen Zigeunerin setzte sich eine Bierflasche an den Mund und trank Schluck für Schluck. Rosarote Büstenhalter, die sie zum Verkauf anbot, hingen am rechten Unterarm der jugendlichen Mutter. Sie wurde sofort von mehreren Frauen umringt, die Größe und Elastizität der rosaroten Büstenhalter prüften. Fleischhauer mit blutigen Händen traten heran und reckten neugierig, pfeifend und die Wäsche kommentierend, ihre Köpfe über die Schultern der Frauen. Eine andere junge Zigeunerin – in der Lücke ihrer Hasenscharte sah man zwei goldene Oberkieferzähne – hob ihre rechte Brust ein wenig an und steckte die Zitze ihrem Kind in den Mund, das vom Eiter völlig verklebte Augenlider hatte. Mit den blutigen Messern gestikulierend und sich gegenseitig animierend, riefen die Fleischhändler grinsend von Verkaufsstand zu Verkaufsstand immer lauter, einmal im Tonfall katholischer Litaneien die Preise ihres Rind- und Schweinefleisches, einmal im Fußballerschlachtenbummlerton die Preise ihres Lamm-, Schaf- und Truthahnfleisches aus. Nur die Zunge und die blutige Kinnspitze eines Lammschädels schauten aus einer Plastikeinkaufstasche heraus. Die Käuferin stellte die schwere Last ab, um ein wenig auszuruhen, hob die Tasche mit der herausschauenden Lammschädelkinnspitze wieder auf und ging weiter zwischen den Verkaufsständen entlang, auf die Geflügelfleischstände zu.

»VUOLE UN CHILO DI TACCHINO per 2500 Lire«, rief der junge, eine enge, blutbefleckte Jeans tragende Geflügelfleischhändler, »forza, andiamo forza!« Während er noch einmal »forza!« rief, trat er einen Schritt zurück und warf das Schlachtmesser auf den

Boden vor seinen Füßen. Lange pendelnd blieb das Messer im Holzboden stecken. Während er auf enthäutete Schenkel ein Truthahnetikett klebte, rief er mit geneigtem Kopf »Prego, Madonna!« auf eine mehrere Kilo Tacchino bestellende, schwarzgekleidete Nonne zu, die einen schwarzen Rosenkranz um ihr rechtes Handgelenk geschlungen hatte. *Pollo diavolo* nannte er die ausgestellten Hähnchenteile, die er mit blutigen, hellroten, breiten Hahnenkämmen garniert hatte. Zwischen den schmalen, kleineren Hühnerkämmen, die, an den Spitzen dunkelrot, auf enthäuteten Hühnerkeulen und Hühnerbrüsten lagen, verzierte ein Zweig frischer, grüner Rosmarin die Fleischteile. Auf einem silbernen Tablett lag eine tote Gans – *L'anitra muta* – mit blutigen Löchern am Schnabel, garniert mit Truthahnherzen.

Eine Haarshampoo verkaufende Zigeunerin, die an ihrem Unterarm ein blaues Herz eintätowiert hatte, hockte neben anderen jungen, mit ihren Kindern rastenden Zigeunerinnen auf dem Boden. Ein Kind lag quer – der Kinderkopf hing über ihren Oberschenkel hinunter – auf dem Schoß der ein gelbes Eishampoo in die Höhe haltenden und zum Verkauf anbietenden Zigeunerin. Eine Frau blieb mit ihrer kleinen, glattrasierten Hündin, einer Mischung aus Dackel und Pinscher, vor dem Verkaufsstand stehen. Nur an den Ohren und am Schwanz hatte die Hündin noch ein Büschel Haare, selbst die Zitzen waren glattrasiert. Der junge Hühnerfleischverkäufer preßte den Telefonhörer mit Schlüsselbein und hochgehobener Schulter an Wange und Ohr und schlug, während er sich unter-

hielt, einem lebenden, mit weit aufgerissenem Schnabel vor sich hinstarrenden Huhn den Kopf ab. Den blutenden Schädel warf er zu den anderen auf dem Boden liegenden Hühnerköpfen und Hühnerbeinen. Zur Belustigung der anderen Fleischhändler stopfte er grinsend in den Bauch eines ausgeweideten Huhns eine Faustvoll Kirschen hinein.
Der Rand eines mit frischen Eiern gefüllten Weidenrutenkorbs war mit violetten Veilchen geschmückt. Die halb zerbrochenen und angeknacksten Eier schlug die Händlerin, die weiße Eier und lebende Hühner verkaufte, am Rand eines großen Einrexglases auseinander und ließ die Eidotter glucksend in das mit Eiweiß und Dotterkugeln halb gefüllte Glas fallen. Rücklings legte sie zwei lebende braune Hühner – die vier gelben, zusammengekrallten Hühnerfüße mit den langen schmutzigen Nägeln ragten in die Höhe – auf die Waage, steckte sie, hinter den Flügeln gefaßt, in eine Schachtel und gab sie einem jungen Inder. Eine junge Zigeunerin, die ein lebendes Küken gekauft hatte, kratzte immer wieder, den Schrei des Kükens nachahmend, mit dem gelben Schnabel des Tieres an der Wange ihres an der Brustzitze saugenden Kleinkindes, das schwarze Augen und einen verschleierten Blick hatte.
Neben dem Stand des drogensüchtigen, mit lebenden Tieren handelnden Verkäufers, unmittelbar vor den eingegitterten weißen Tauben und Meerschweinchen, saß die alte, zahnlose, halbblinde Rughettaverkäuferin, die an ihrer rechten Hand nur mehr Daumen und Mittelfinger hatte, hielt ein Büschel mit ihrer invaliden Hand in die Höhe und rief immer wieder »Signora,

vuole rughetta?« Auf ihrem linken Handrücken war ein schwarzes Kruzifix eintätowiert. Ununterbrochen hüpften die beiden blauen Paradiesvögel im Käfig von der einen zur anderen Holzstange, während ein kranker Amazonaspapagei auf die fast schon federlosen, Körner aufpickenden, im selben Käfig mitgefangenen Zwerghühner starrte. Junge, ebenfalls eingesperrte, kohlrabenschwarze Enten pickten rotes Fruchtfleisch aus einer aufgeschnittenen Melone. Ein fünfjähriger Knabe und ein zehnjähriges Mädchen, deren Mutter Hühnerfleisch einkaufte, hatten eine große, rote Wasserspritzpistole. Bevor sie wegfuhren, rief der Knabe »Aspetti!« auf seine Mutter zu, setzte sich mehrere Male, am Abzug drückend, den Pistolenlauf in den offenen Mund und schwang sich, während Wasser aus seinem Mund übers Kinn rann, aufs Fahrrad.

EINE SCHWARZVERSCHLEIERTE Nonne hielt in der einen Hand mehrere mit Gurken, Aprikosen und Zwiebeln gefüllte Plastiksäcke und drückte mit der anderen zwei große, in Plastik eingepackte blondhaarige Barbiepuppen an ihre Brust, blieb beim Tomatenhändler stehen, der sein Gemüsemesser an einer Schnur vom Hals hängen hatte, setzte die Puppen auf einer Holzkiste ab und bestellte ein paar Kilo Strauchtomaten. Die zum Verkauf angebotenen Kleider einer alten, schwarzgekleideten, auf dem Boden hockenden Zigeunerin lagen in einem aufgespannten schwarzen Regenschirm. Der kleine Bruder verzog sein Gesicht, als ein sechzehnjähriges Zigeunermädchen aus einem

Wäschebündel ein paar mit roten Herzen bedruckte Boxershorts herauszog, sie dem Knaben in die Hand drückte und ihn an der Schulter anstieß, er solle von Verkaufsstand zu Verkaufsstand gehen, die Wäsche zum Verkauf anbieten. Eine Frau fieselte vor einem offenen Jutesack Lavendel von den Stengeln und verpackte die stark duftenden, getrockneten Blüten in blaue, feinlöchrige Kunststoffsäckchen. Der Wind drehte trockene, weiße und rote, auf dem Boden liegende Zwiebelschalen im Kreis. Eine auf weißen und hellbraunen Zwiebelschalen stehende und Geld zählende Zigeunerin schrie laut auf, als ihr ein spielender Zigeunerjunge eine kantig zerquetschte Coladose auf ihren rechten Fußknöchel schoß. Mit Wintermantel und Hut – es hatte weit über dreißig Grad Celsius – ging ein alter Araber mit fünf in Zellophan verpackten Rosen an den Verkaufsständen entlang und bot sie den Marktbesuchern und Händlern an. Die rote Rüben und Erdäpfel verkaufende Frau machte mit ihren orangefarbenen Plastikhandschuhen ein Kreuzzeichen, als ein Heiligenbildchen verkaufender, bärtiger Mönch mit langer, brauner Kutte an ihrem Stand vorbeiging. Eine alte, schwarzgekleidete Zigeunerin schenkte dem neapolitanischen Marktmusikanten, der, mit einer Bierflasche in der Hand, singend und bettelnd durch den Markt ging, ein Hemd, das sie verkaufen wollte, aber nicht losgeworden war. Die stark behaarten Unterarme des Neapolitaners waren mit Schlangenmotiven und Pfeilen tätowiert, sein bärtiges Gesicht krebsrot. Zwischen den Gemüseständen, bei ein paar neuwertigen, weggeworfenen Kleidungsstücken, fand er eine Jacke, die er, sich in einer spiegelnden Autofensterscheibe betrachtend, anprobierte. Seine alte, blaue Trainingsanzugjacke ließ er neben dem Kleiderhaufen liegen und ging, an der Bierflasche nippend, weiter an den Verkaufsständen entlang.

LUIGI, DER CAPO am Fischstand, der in den frühen Morgenstunden in Fiumicino bei einem Großhandel frische Fische und Meerestiere eingekauft hatte, wurde von seinen Mitarbeitern *Principe* genannt. Über einem Krebs auf seinem Leibchen stand in blauen Lettern *Damino Rosci. Pesce fresco. Piazza Vittorio*. Der dicke, von Transvestiten schwärmende Fischverkäufer mit dem Dreitagebart, der ein graues Leibchen trug, auf dem *Hawaii* stand und das Bild eines Surfers mit hocherhobenen Händen aufgedruckt war, hörte auf den Spitznamen *Frocio*. Immer wieder berichtete er stolz, daß er auf der Piazza dei Cinquecento und auf der Piazza della Repubblica Transvestiten aufgabelt, in seinem Auto mitnimmt und mit ihnen in den Park der Villa Borghese fährt. Ein glatzköpfiger junger Fischhändler, der sich nur dann am Fischstand aufhielt, wenn er nicht gerade in einem römischen Gefängnis einsaß, wurde *Nazi-Skin* genannt. Schließlich arbeitete am Fischstand Damino auch der sechzehnjährige Sohn einer Feigenverkäuferin, die sonntags vor den Toren des Vatikans den heranströmenden Touristen und Pilgern frische, grüne Feigen aus ihrem Garten anbietet. Der Junge, der von seinen Arbeitskollegen *Piccoletto* gerufen wurde und lange, fast seine Wangen

berührende Wimpern hatte, trug ein Kruzifix an einem goldenen Kettchen um seinen Hals. Seine Wangen waren mit unzähligen Sommersprossen übersät. Von seinem rechten Handgelenk pendelten mehrere farbige, kleine Kunststoffschnuller.
»Signori, buon giorno!« rief Piccoletto, »un chilo di salmone originale, soltanto dieci mila Lire!« und knabberte an seinen nach Schleim und Fischblut riechenden, an den Rändern vom Tintenfisch schwarzgefärbten Fingernägeln. Der Junge, der grüne, kniehohe Fischerstiefel und ein weißes Leibchen trug, auf dem die Rolling Stones abgebildet waren, faßte einen mehrere Kilo schweren Lachs unter den weinroten Kiemen und legte ihn auf eine alte Waage. Sein nackter, rechter Oberschenkel war mit rostbrauner Fischgalle beschmiert. Mit offenem Mund, angestrengt die Zungenspitze zwischen den Lippen herausstreckend, schnitt er dem Fisch mit einem kleinen, scharfen, leicht gekrümmten Messer den Bauch auf, zog mit geschickten Handbewegungen die Eingeweide heraus und wickelte den ausgenommenen Fisch in weißes Fettpapier mit Wasserzeichen. Aus einem Eimer schüttete er Wasser über den Holzblock und schwemmte die Eingeweidereste auf den Boden. Piccoletto erzählte in römischem Dialekt, daß er an seinem gestrigen freien Tag mit seiner Vespa ans Meer nach Lapislazoli gefahren sei und eine schwarzgekleidete Nonne am Meeresufer gesehen habe, die nackte mongoloide Kinder betreute. Ein mongoloides Kind faßte eine Barbiepuppe am blonden Schopf und ging damit in die Fluten hinein. Eine gehbehinderte Frau, die ganz dünne Beine, aber einen

mächtigen Oberkörper hatte, kroch auf Knien aus dem Meer heraus, auf ihr am heißen Strand ausgebreitetes Badetuch zu. Ihre Brüste berührten den Schaum der Meereswellen und die weißen, heißen Sandkörner. Männer aus Bangladesh und Sri Lanka gingen an den Fischständen entlang, boten Bic-Feuerzeuge, Knoblauchzöpfe und die Maskottchen dieses Sommers an, farbige Kunststoffschnuller in den verschiedensten Größen. Bosnische Kriegsflüchtlinge verkauften gebrauchte Fotoapparate, russische Puppen, grüne Spielzeugpanzer, alte Seifen und gefälschte Ikonen. Ein junger, serbokroatisch sprechender Mann bot dem die Preise der Fische ausrufenden Jungen mit den langen, schwarzen Wimpern und den vielen Sommersprossen auf seinen Wangen ein paar Chirurgenhandschuhe an. Eine alte, sich auf einen Stock stützende, schwarze Kleider tragende Zigeunerin mit Zahnlücke und Goldzähnen stand zwischen den Ständen und goß aus der entkapselten Bierflasche den ersten Schluck auf den Boden, bevor sie die Öffnung des Flaschenhalses an ihren Mund führte. Auf einen Spazierstock schraubte sie einen Griff – einen vergoldeten Pferdekopf – und bot ihn den Fischhändlern an. Nicht die zehn, fünfzehn gebrauchten Brillen, sondern ihr kleines Mädchen zum Verkauf anbietend, flüsterte eine Zigeunerin einem erschrocken ausweichenden männlichen Passanten zu »Quanto mi dai!«
Weder Farn noch Tang deckte die fünf kleinen, zehn bis zwanzig Zentimeter langen, im weißen Sarg der Porozellkiste liegenden jungen, grauen Haifische mit ihrer reibeisenrauhen Haut zu. Eine Biene saugte sich

an weißen, schleimigen Calamariringen fest, und eine grünblau schimmernde, dicke Fliege lief in die im Sonnenlicht silber schimmernden Augenhöhlen eines Schwertfischs. Eine bucklige Frau hob mit ihrem langen, grünlackierten Zeigefingernagel die Kiemen der Fische hoch, um ihre Frische zu prüfen. Ein Spatz flog mit einem Stück weißen Fischfleischs, das wohl ein Drittel von seinem eigenen Körpergewicht wog, schwerfällig aufs Blechdach des Muschelstandes, ehe er noch ein Stück weiterflog, sich im Park der Piazza Vittorio auf den Ast einer Pinie setzte und das Stück zu verzehren begann. Nachdem eine Nonne – ihr Gesicht war voller Warzen – winzige Muscheln ausgesucht und dem jungen Piccoletto die Geldscheine gereicht hatte, fiel einem schleimigen Tintenfisch das Ende ihres weißen Stricks, den sie um ihre Hüften geschlungen trug, um den Hals. Unbeachtet vom jungen Fischverkäufer, zog sie, peinlich berührt, den Strick aus der weißen, mit Tintenfischen gefüllten Porozellkiste.

IN DER MARKTBAR, die sich unweit von den Fischständen befand, stand an der Theke ein großer, schlanker Neger in langer braunweißer Kutte, der ein Anhängsel in Form des afrikanischen Kontinents – aufgeteilt in die drei Farben der italienischen Trikolore – um seinen Hals trug, und rührte in einem Espresso. Mit rotem Samt überzogen waren die drei in der Bar hinter dem Kopf des Barista auf einem Regal liegenden herzförmigen Bonbonschachteln. Neben einer Schachtel stand ein rotes Spielzeugauto, ein Ferrari, das mit einer Papierschleife, in der Kunststoffveilchen staken, umschlungen war. Die Kunststoffveilchen waren mit einem Veilchenduftspray behandelt worden, und auf dem Fahrersitz des Ferrari lag ein zerquetschtes, aus dem roten Papier quellendes Schokoladebonbon in Herzform. Links von der Bonbonschachtel reichte auf einem Heiligenbild die Muttergottes ihrem Jesukind einen Zopf blauer Weintrauben. Unter dem Heiligenbild war auf einem Kalender mit eingebautem Lautsprecher eine Mulattin zu sehen, die immerzu, einmal leiser, einmal lauter »Café do Brasil« flüsterte, wenn der launige Barista auf einen Knopf drückte und seinen kichernden und sich amüsierenden Gästen, den blutbeschmierten Fleischhauern und Fischverkäufern, die während einer Arbeitspause mit Cappuccino, Wein und Grappa ihren Durst löschten, sein Spielzeug vorführte. Unter dem Kalenderblatt mit dem Lautsprecher kniete betend eine von zwei geflügelten Engelsköpfen behütete Nonne vor einem Kruzifix. Rechts von der Bonbonschachtel stand im selben Regal eine goldverzierte, blaurosafarbene Porzellanstatue der Jungfraumaria, die mit demütig geneigtem Haupt und traumverlorenem Blick über die Fingerspitzen ihrer gefalteten Hände hinweg auf eine Mon-Chéri-Schachtel schaute.

Mit immer größer werdenden, fast aus den Höhlen quellenden Augen biß der Barista unter der Porzellanmadonna von einem Thunfischtramezzino ab, nahm mit einer Zange einen Eiswürfel aus der Kühlbox, hielt den Eiswürfel zuerst unter laufendes Wasser und warf ihn in eine vorbereitete Cola. Immer wieder leuchtete eine elektrische Lampe am Colaspender auf, wenn er auf den Knopf des Apparats drückte und die bräunliche Flüssigkeit in einen gewachsten Becher hineinperlte. Der Barista reichte einem völlig verschmutzten, stinkenden, ein schwarzes Leibchen mit der Aufschrift *Team Skul* tragenden Sandler, der die Marktbar nicht betreten durfte und vor der Tür warten mußte, einen kleinen Plastikbecher mit einem noch rauchend heißen Espresso. Zwischen den Wörtern *Team* und *Skul* seines schwarzen Leibchens war ein weißer Totenkopf aufgedruckt. Zuerst wollte der Barista das kleine Negerkind mit seinen Handbewegungen nur verscheuchen, aber als es weiter mit seinen Händchen an die Scheibe der eingeglasten Bar patschte, kam er hinter der Theke hervor und zog den schreienden Jungen am Ohr von seiner Bar weg zum gegenüberliegenden Fleischstand hin. »Questa borsa per mare! Quanto mi dai!« rief eine junge Zigeunerin, eine Kunstledertasche anbietend, in die Marktbar hinein, den sich umdrehenden, Espresso, Cappuccino, Grappa und Wein trinkenden, amüsiert sich unterhaltenden Fleischhauern und Fischhändlern zu. »Café do Brasil« flüsterte die Mulattin wieder.

AUF DER VERKAUFSVITRINE eines aufgeräumten, bereits verdunkelten Fleischerladens lagen noch zwei große Rinderherzen, die der Fleischerjunge, bevor die bereits um die zusammengeräumten Marktstände herumschleichenden Katzen aufmerksam wurden, in blaues Fettpapier einwickelte und neben seinen Motorradsturzhelm legte, auf dem ein blauer, geflügelter Totenkopf aufgeklebt war. Aus einem Abfallhaufen von Gedärmen, Hahnenfüßen und Hahnenköpfen klaubte ein Mann weggeworfene Hühnerherzen in eine Plastikschachtel hinein, schön aufgereiht, wie Bonbons, und drehte sie um – den breiten Teil des Herzens nach oben, den schmaleren nach unten –, wenn er ein Hühnerherz versehentlich verkehrt in die Schachtel gelegt hatte. Die Hühnerherzen, die mit Sägespänen beklebt waren, bespuckte er und entfernte die Späne mit einem Taschentuch. Ein bosnischer Kriegsflüchtling kippte aus einem schwarzen Plastikeimer die Fleischabfälle geschlachteter Hühner in seinen Plastiksack, schlug ein Kreuzzeichen und küßte seine Fingerspitzen.

Zwei mit Sägespänen beklebte Schweinsköpfe mit blutigen Ohren lagen in einem großen, schwarzen Abfallkübel zwischen Schafsköpfen, Hühnerbeinen, Hühnerköpfen, Cola- und Bierdosen. Eine Zigeunerin, die mit der einen Hand ihr Erdnüsse essendes Kleinkind hielt, klaubte mit der anderen weggeworfene Hühnerköpfe, Hühnerbeine und Geflügeleingeweide aus einem Abfallkorb und stopfte sie in ihren Plastiksack. Nachdem sie den blauen Plastiksack halb gefüllt und einen traurig aussehenden, schwarzen, blutigen Ziegenkopf mit gebogenen, schwarzen Hörnern in die Hand genommen und lange betrachtet hatte, rief der Fleischverkäufer aus Sri Lanka »Basta! basta!« und nötigte sie, ein paar Hühnerhälse und Hühnerbeine, die beim Wühlen und Umfüllen auf den Boden gefallen waren, in die Abfallkiste zurückzuwerfen. Ein ungefähr fünfzigjähriger, einen blauen Nylonfrauenstrumpf als Kopfbedeckung tragender Mann, der eine große Geschwulst zwischen den Beinen hatte – sein Gesicht war vom graumelierten Bart halb versteckt –, sortierte die Fleischabfälle kiloweise in zwei Plastiksäcke. Ohne die Schuhe und Socken auszuziehen, stellte er sich, auf seine Mickymausuhr blickend – Pluto umkreiste als Sekundenzeiger ruckweise das Zifferblatt –, vor den Brunnen und ließ Wasser über seine Knöchel plätschern. In einem alten, verlotterten Kinderwagen, ausgelegt mit einer blutverschmierten Plastikplane, chauffierte eine dicke, verwahrlost aussehende Frau Hühnerköpfe, Hühnerbeine, weiße Kalbsfüße, Lungen, Nieren, weggeworfenes Gedärm. Mit dem Autoschlüssel klimpernd, der an einer Stoffbanane hing, die rosarote *Gazzetta dello Sport* zwischen Oberarm und Brustkorb an sich drückend, verabschiedete sich ein Macellaio mit den Worten »Ciao ragazzi« von den anderen ihre Verkaufsstände noch säubernden und aufräumenden Fleischhändlern. Nachdem die Aufräumungsarbeiten auch bei den Fischständen beendet waren, tauchte Piccoletto mit seiner Vespa auf und fuhr mit seinem Gefährt – am Mopedschlüssel hing ein kleiner, gelber Kunststoffschnuller – zwischen den Verkaufsständen hindurch, über verfaulendes Obst und Gemüse, über verdorbene Südfrüchte, über Hühnerhälse und Hühnerherzen, gelbe Hahnenfüße, zerquetschte verfaulende Lungenflügel, lachend wich er den herumliegenden Schafsköpfen aus, denen die Haut abgezogen worden war, kurvte an den gehörnten schwarzen, blutigen Ziegenköpfen vorbei und fuhr laut lachend über die Schwänze der Schafe, an denen noch kotbeschmierte Haarbüschel hingen. Die Fleischverkäufer, die mit einem feuchten Tuch die Scheiben ihrer Auslagen putzten, hoben ihre Köpfe und schauten dem lachend mit seiner Vespa zwischen den Ständen entlangkurvenden, jungen Arbeitskollegen nach. »Ci sono tutti bambini!« rief eine Zigeunerin, als ein vor seinem Stand mit einem Besen die herumliegenden Eingeweide zur Seite schiebender Lammfleischhändler ein in eine Trompete blasendes Zigeunerkind verjagen wollte, faßte aber ihren Jungen hart am Kinn und gab ihrer Tochter, die ebenfalls laut Trompete blies, eine Ohrfeige, ehe die beiden Zigeunerkinder, weiter Trompeten blasend, über die Ubahntreppe der Piazza Vittorio hinunterliefen.

DER SOHN DER
FEIGENVERKÄUFERIN

»In cielo cerco il tuo felice volto,
Ed i miei occhi in me null'altro vedano
Quando anch'essi vorrà chiudere Iddio ...«

»Im Himmel suche ich dein glückliches Gesicht,
Und meine Augen werden inwendig nichts anderes sehen,
Wenn Gott sie wird schließen wollen ...«

WENIGE SCHRITTE vom Eingangstor des Vatikans entfernt, in der Via di Porta Angelica, neben einer lauthals ihre frischen grünen Feigen anbietenden Römerin – »Fichi freschi! vuole! fichi freschi! dai!« –, hielt ein kahlgeschorener, fünfzigjähriger Mann, der ein weißes Leibchen mit dem Aufdruck *Mafia. Made in Italy* trug, einen an einem Stab aufgesteckten kleinen Plastiknegerkopf in die Höhe und zeigte ihn, immer wieder ein paar Schritte vor- und zurücklaufend, vorbeigehenden, neugierig stehenbleibenden, erschrocken oder amüsiert zurückweichenden Pilgern. Über seinen Hosenschlitz hing an einer feingliedrigen Kette ein rosaroter, großer Kunststoffschnuller, den er immer wieder in den Mund nahm, um grimassenschneidend daran zu lutschen, kauen oder saugen. Den Stock zwischen die Oberschenkel schiebend und mit dem aufgesteckten Negerkopf an seinen Geschlechtsteilen reibend, kreischte er in weinerlichem Tonfall »Mamma! Mamma!«. Mehrere neugierig aus einem im Schrittempo vorbeifahrenden Reisebus herausgaffende japanische Touristen klatschten in die Hände, andere hoben ihre Fujicas.

Ihm gegenüber saß mit gefalteten Händen auf dem Nachrichtenblatt des Vatikans, dem *Osservatore romano*, ein Mann ohne Unterkörper, ein menschlicher Torso mit schulterlangen, rötlich schimmernden Haaren, der nickend seine Hand ausstreckte, wenn ihm ein mitleidiger Passant einen Geldschein oder eine Münze reichte. Hinter seinem Rücken klebte an der Vatikan-

mauer ein Plakat, auf dem ein maskiert auf einem elektrischen Stuhl sitzendes Kind abgebildet war. Unter den gefesselten Beinen des Kindes stand mit großen schwarzen Lettern *150 mila prigionieri politici torturati in Iran*. Als ein Mädchen mit schulterlangen Haaren vorbeiging, griff der unterkörperamputierte langhaarige Mann nach ihrer Hand, küßte die in der Sommerhitze hervorstehenden Adern ihres Handrückens, streichelte ihr langes blondes Haar und murmelte fasziniert mit leuchtenden Augen: »Ma che bel capello!«
Als sich zwei Touristen links und rechts vom grimassenschneidenden, seinen Oberkörper hin- und herwiegenden Mann fotografieren ließen, biß er mit weit aufgerissenen Augen dem aufgesteckten Negerkopf in die roten schwulstigen Lippen und jammerte wieder mit theatralisch schmerzverzerrtem Gesicht »Mamma! Mamma!«. Sorgfältig faltete der Mann ohne Unterkörper unter dem mit einer Ledermaske auf dem elektrischen Stuhl sitzenden Kind seine Geldscheine und schob sie unter den *Osservatore romano*, während Piccoletto, der halbwüchsige Sohn der Feigenverkäuferin, der lange schwarze, fast seine Wangen berührende Wimpern hatte und ein silbernes Kruzifix um seinen Hals trug, seinem kleinen Bruder immer wieder ein großes, in der Hitze schlapp gewordenes Feigenblatt auf den Hinterkopf schlug, bis die Fetzen des zerfledderten Blattes über den kahlgeschorenen Kinderkopf auf die nackten, mit Sommersprossen übersäten Kinderschultern hinunterrutschten. Mit dem Feigenblattstengel kitzelte der Halbwüchsige das Ohrläppchen ei-

nes an einer auseinandergebrochenen Feige saugenden, sich vom Feigenstand abwendenden und aufs Vatikantor zugehenden blonden Mädchens in kurzer Hose. »Vuole fichi!« rief die Feigenverkäuferin neben dem mit dem aufgesteckten Negerkopf herumfuchtelnden, grimassenschneidenden, seine Mamma anrufenden Mann auf die vorbeiziehenden Pilger zu, »fichi freschi! vuole fichi! dai! fichi freschi!«

EIN AMERIKANISCHER Touristenführer mit grünem Strohhut begleitete eine Touristengruppe auf den Petersplatz, schlug einen großen, bebilderten Reiseführer auf und zeigte den Pilgern zuerst im Bildband ein Foto vom Petersdom, ehe er mit dem Zeigefinger auf das prächtige, leibhaftige und wahrhaftige, vor ihnen stehende Objekt deutete. Eine alte, schwarzgekleidete Zigeunerin hockte sich hinter einer Säule nieder, ließ ihren Urin durch die Unterhose in ihre Handschalen rinnen, besprengte damit ihre leicht angewelkten roten Rosen und bot sie, »Mille Lire! Mille Lire!« rufend, den reihenweise unweit vom Ausgang der Päpstegruft zwischen der *Casa del Rosario*, einem Heiligenkitschladen, und einer öffentlichen Toilette an einer Mauer lehnenden, hockenden oder sitzenden, auf ihre Bekannten und Verwandten, auf lange Straßenhosen, Trainingsanzughosen, auch Schlafanzughosen wartenden Vatikanpilgern an. Es ist strikt verboten, mit kurzen Hosen, zu knapper Kleidung, wie es auf einem Schild in mehreren Sprachen heißt, den Petersdom zu betreten. Vor dem Heiligenkitschladen verkaufte eine

alte, fast zahnlose Frau lange weiße Papierhosen mit dem grünen Aufdruck *Roma* an die Touristen und Pilger. Mit mehreren Silbertalern klimpernd, auf denen der Kopf von Papst Johannes Paul II. eingeprägt war, rief sie, auf den Stapel Papierhosen deutend, den luftig bekleideten Neuankömmlingen zu »Pantaloni lunghi! diecimila! pantaloni lunghi!«.
Das Geräusch eines Maschinengewehrs nachahmend, zerdrückte ein Junge, der mit der amerikanischen Fahne bestickte Socken trug, laut knacksend eine leere Coladose. Sein kleiner Bruder – auf seinen Socken waren hochspringende, gelbschwarze Tiger eingestickt – schloß seinem verlegenen, mit altmodischer Leibwäsche bekleideten Vater, der an seinem rechten Unterarm ein Kreuz, am linken Unterarm eine nackte langhaarige Frau eintätowiert hatte, die Ledersandalen. Am Wohnungsschlüssel, mit dem der Vater immer wieder gelangweilt klimperte, hing ein kleiner, weinender Kinderkopf aus Lapislazuli. Ein kahlgeschorener, vierzehnjähriger Knabe drückte – der Latz seiner aufgeknöpften roten Lederhose, auf die ein Edelweiß aufgenäht war, hing auf seine nackten Unterschenkel hinunter – seinen Kopf auf das Schlüsselbein eines ein paar Jahre älteren Jungen, auf dessen weitgeschnittenem, kurzärmeligem Leibchen der Kopf eines Indianerhäuptlings aufgedruckt war. Als der größere, der sich offenbar bedrängt fühlte, seinen Arm hob, um den Knaben wegzudrängen, und der jüngere dabei neugierig in seine vor Schweiß glitzernde schwarzbehaarte Achselhöhle schaute, begannen sie beide vor einem verbissen Kreuzworträtsel lösenden und immer wie-

der mißmutig und eifersüchtig auf die beiden Jungen blickenden Mädchen zu lachen und zu scherzen. Im Vorbeigehen schaute ein schwarzgekleideter Prete mit langem, von seinen Hüften pendelndem Rosenkranz in die weite Hosenröhre eines schwarzgelockten, Melone essenden, auf dem Boden sitzend seinen Kopf an die Schulter seines Vaters lehnenden Mädchens hinein, in der ein rosaroter Slip zu sehen war. Tauben pickten ringsum die braunen Kerne der Melone auf, die das Mädchen zuerst in seine Hände spuckte und schließlich auf den Boden fallen ließ. Immer wieder wütend und sich empörend, da er mit seinen kurzen Hosen die Peterskirche nicht betreten durfte, schlug ein Halbwüchsiger eine Plastikflasche auf sein nacktes Knie, gelangweilt blies sein kleinerer Bruder in eine Plastikflasche hinein und rollte sie auf dem Asphalt zwischen den auffliegenden Tauben hin und her, und ein ebenfalls wartender Jugendlicher in kurzen Hosen, der einen von seinem Bund gelösten Hosengürtel aus echtem Schlangenleder um seine unbehaarten, nackten Oberschenkel schlang, steckte immer wieder den silbernen Stift des Gürtelverschlusses in die Schlangenaugenlöcher hinein. Unter den Arkaden, zwischen den Steinsäulen, empörte sich ein Junge, weil ihn ein Polizist aufgefordert hatte, seinen nackten Oberkörper zu bedecken. Ein neapolitanischen Dialekt sprechendes Nonnenzwillingspaar leckte an den mit Schokolade bestrichenen Zehen eines Eises in Kinderfußform.

PICCOLETTO mit den langen, fast seine Wangen berührenden Augenwimpern, der mit gespreizten Beinen zwischen der öffentlichen Toilette und dem Souvenirladen auf einem mit durchpfeilten Herzen bemalten Pappdeckel saß, schob den Hals einer geschlossenen Mineralwasserflasche in seinen Mund, lutschte am blauen Verschlußdeckel und klopfte die leere Flasche auf seine braungebrannten, unbehaarten Oberschenkel. In den Hosenröhren seiner gegabelten Beine sah man in der zu weit geschnittenen gelben Unterhose seine leicht behaarten Hoden, an seinen hellhäutigen Leisten die schwarzen Schamhaare. Er nahm sein um den Hals hängendes silbernes Kruzifix in den Mund, benetzte es mit seinem Speichel, ließ es aus dem Mund auf seine Brust fallen und griff wieder nach der leeren, wegrollenden Mineralwasserflasche. Ein ihm gegenübersitzendes blondes Mädchen, das einen Rom-Stadtplan in ihren Hosenbund gesteckt hatte, blätterte in einem Bildband von Michelangelo, berührte, mit ihrer rechten, flachen Hand über die Seiten streichelnd, die abgebildeten halbnackten Figuren und spuckte immer wieder auf Brotbrösel aufpickende Tauben. Ihr weißes, kurzärmeliges Leibchen war mit weinroten Kamelen und sandfarbenen Pyramiden bedruckt. Das Silberkruzifix zwischen seine Lippen pressend, stand der Sohn der Feigenverkäuferin auf, weitete seine an den Hinterbacken klebende Unterhose, rückte, in seine Hose greifend, seine Geschlechtsteile zurecht und setzte sich, das an einem Kaugummi kauende, mit gespreizten Beinen ihm gegenübersitzende, den Rom-Stadtplan tiefer in ihren Hosenbund schiebende Mädchen fixierend, wieder auf den Pappdeckel. Nachdem das Mädchen den Bildband durchgeblättert, ihn ihrer rauchenden, ebenfalls mit einer kurzen Hose bekleideten Freundin gereicht hatte, zog sie eine halbvolle Colaflasche aus ihrer Stofftasche und setzte sie an ihre Lippen. In die weitgeschnittenen Hosenröhren des Mädchens starrend – durch ihre dünne pfirsichfarbene Unterhose schimmerten ihre Schamhaare –, begann der Sohn der Feigenverkäuferin an einer Fruchtschnitte zu nagen, während das Mädchen, die Reste der warmgewordenen Cola hin- und herschwenkend, auf die hinunterhängenden Geschlechtsteile des Jungen schaute und das Gurren einer vor ihren Beinen Brotbrösel zwischen den Pflastersteinen herauspickenden Taube nachahmte, die an ihrem rechten, verkrüppelten Fuß nur mehr eine rote Kralle hatte. Von vorne und von hinten fotografierte eine junge Touristin zwei lachende, mit bloßer Unterwäsche vor der *Casa del Rosario* stehende Halbwüchsige, die ihre knöchellangen Straßenhosen ausgeborgt hatten und darauf warteten, daß ihre Schulkameraden wieder aus dem Petersdom kamen. Der eine Junge hielt sein weißes Netzleibchen in die Höhe und zeigte lachend und kokett, sich in den Hüften wiegend, seine sich deutlich an einer enggeschnittenen Designerunterhose abzeichnenden Geschlechtsteile. Ein vorbeidefilierender Polizist schaute dem an der Mauer des Heiligenkitschladens sitzenden, an einem Kaugummi kauenden blonden Mädchen auf die Hüften. Er zuckte zusammen und legte seine Hand auf den Pistolenknauf, als ihn eine

Touristin vorsichtig am Oberarm antippte und ihn um eine Auskunft bat.

Das blonde Mädchen mit den weinroten Kamelen auf dem Leibchen fabrizierte den Kaugummi über ihre herausgestreckte Zunge, so daß er an ein über eine pralle Eichel gestreiftes Kondom erinnerte, blies ihn zu einem Ballon auf, bis sich laut krachend die blauen, klebrigen Kaugummifetzen um Mund und Nase legten. Der Sohn der Feigenverkäuferin, der auf diesen Augenblick gewartet hatte, stand lachend von seinem Sitzplatz auf, kniete vor dem Mädchen nieder und half ihm – seine Hilfeleistung im römischen Dialekt kommentierend –, die Kaugummiteilchen von Mund und Kinn zu zupfen. Ohne zu fragen, zog er dem Mädchen den Rom-Stadtplan aus ihrer kurzen Hose, den sie bis zu ihren Schamhaaren hineingesteckt hatte, setzte sich wieder auf seinen Pappdeckel, blätterte nervös den Stadtplan auf, täuschte vor, nach einem Stadtviertel oder nach einer Straße zu suchen, und klappte ihn wieder zusammen. Er drückte den Stadtplan zuerst an sein Kinn und schließlich, an seiner Himmbeerfruchtschnitte weiternagend, unauffällig an seine Nase. An seinem rechten Handgelenk hingen mehrere kleine farbige Kunststoffschnuller, die man in diesem Sommer in Rom an unzähligen Ständen in allen Farben und Größen erwerben konnte und die vor allem von Kindern und Jugendlichen um Hals und Handgelenk getragen wurden, aber auch Schafe ausweidende Fleischhauer und Fischbäuche aufschlitzende Fischhändler auf dem Markt auf der Piazza Vittorio Emanuele, die den ebenfalls mit Plastikschnullern behängten Zigeu-

nermädchen nachriefen, schmückten sich mit diesen Maskottchen.
Der erregt in die Hosenröhren des Mädchens starrende und am Stadtplan riechende Junge hielt, nachdem er sich in die Zunge gebissen hatte, mit dem Fruchtschnittenknabbern inne, stockte und blickte verlegen auf die tänzelnden roten Füße der Tauben, als er den Geschmack des Blutes in seinem Mund wahrnahm. Piccoletto stand auf, betupfte mit einem Taschentuch seine Lippen, reichte mit den Worten »Mille grazie!« dem Mädchen den Rom-Stadtplan und suchte die Toilette auf. Wohl zehn Minuten dauerte es, bis er von der Toilette zurückkehrte und sich wieder an seinen Platz setzte. Als der Junge mit einer grauen Taubenfeder, aufs Mädchen schauend, kokett seine rechte Kniekehle kitzelte und das blonde Mädchen mit den weinroten Kamelen auf dem Leibchen einen schneckenspurähnlichen Streifen an seinem angewinkelten Unterarm bemerkte, weitete es am rechten Oberschenkel den Gummi ihrer pfirsichfarbenen, feuchtgewordenen Unterhose, fächelte sich Frischluft zu und ließ den Gummi mehrere Male an den Oberschenkel schnalzen. Danach warf sie mit den kalten Zigarettenstummeln ihrer Freundin nach den gurrenden und Weißbrotbrösel zwischen den Pflastersteinen herauspickenden Tauben.

NO SCHOOL, NO JOB! stand auf dem Leibchen eines rothaarigen, aufs offene Tor der Peterskirche zugehenden Jungen, der aber – ein blauuniformierter

Wärter deutete wortlos auf die nackten Oberschenkel des fluchenden Engländers – abgewiesen wurde, während ein anderer junger Mann aus seiner Stofftasche mit aufgedrucktem rotem Kreuz, auf der *Help und helpen* stand, eine lange Schlafanzughose herausnahm, über seine kurze Hose zog und in die Peterskirche hineinging. Ein junger Tscheche zog eine schwarze, lange Kunststoffhose an und überschritt die Schwelle der Peterskirche. Sein mit einer kurzen Hose bekleideter Schulkamerad starrte, auf dem warmen Steinboden sitzend, auf das schwarz durchschimmernde Dreieck eines mit gelber Unterwäsche bekleideten Mädchens. »Io sono senza colpa!« beteuerte im Petersdom eine am schwarzlackierten Beichtstuhl vorbeigehende, schwangere Frau, die ein großes Plastikschiff an ihren Bauch drückte, dem vorwurfsvoll aus dem schwarzlackierten Kasten herausäugenden, schwarzgekleideten, dicken Beichtvater. Ein schwarzgekleideter Mönch saß mit geneigtem Haupt in einem anderen Beichtstuhl, auf dem ein Schild mit der Aufschrift *Deutsch* befestigt war. Am wenigsten Fußsohlenstaub war vor dem deutschen Beichtstuhl zu sehen, weniger als beim englischen oder italienischen, am meisten Fußsohlenstaub lag vor dem polnischen Beichtstuhl. Mit seinen Fingern auf das hölzerne Fenster des Beichtstuhls *Po Polsku* klopfend, rief ein dicker Beichtvater einer Touristengruppe »Avanti, non si ferma qui!« zu, die sich unmittelbar vor dem Beichtstuhl postiert hatte. Er schloß das Beichtstuhlfenster und löschte das Licht, als eine Frau vor dem Fensterkreuz niederkniete, ein Kreuzzeichen schlug und die Augen des Priesters suchte.

Eine zahnlose Polin mit aschfahlem, grauem Gesicht und zerfurchter Stirn kniete in der Santa Cappella neben ihren beiden Söhnen nieder. Ihr zwanzigjähriger Sohn sprach, ebenfalls kniend, mit gefalteten Händen eifrig ein Gebet, während sich der Sechzehnjährige nach vorbeigehenden Mädchen umschaute. Eine Coladose zwischen ihre gefalteten Hände geklemmt, stand ein Mädchen weinend vor dem Altar. In der Lunula der großen, am Altarstein ausgestellten Monstranz war eine Vollkornhostie eingeklemmt. Links und rechts unter brennenden Wachskerzen waren Sträuße mit weißen und roten Gladiolen eingefrischt. Ein Mann in der Santa Cappella übergab der zahnlosen Polin eine kleine Marienstatue, die er im Heiligenkitschladen beim Ausgang der Päpstegruft erstanden hatte. Ohne die neuerworbene Statue zu betrachten, begann sie die Jungfraumaria sofort mit ihren Händen abzutasten, mit ihren Fingern zu umklammern und ein Gebet zu flüstern, während ihr links und rechts aus den geschlossenen Augen Tränen über die Wangen rannen. Auf dem bloßen Marmorboden kniete betend eine junge, magere, graugekleidete Nonne, den Zeigefinger an ihre Lippen drückend. Mit einem flüssigen Putzmittel säuberte eine Nonne den goldenen Teller, auf dem der Leib Christi gelegen, und den goldenen Kelch, in dem sich der Samos in Christi Blut verwandelt hatte.
Eine Frau schob einen mit gelben Gladiolen geschmückten Rollstuhl – auf dem Ledersitz lag nur ein kinderarmgroßes Kruzifix – zur Pietà von Michelangelo hin, berührte mit einem zerknitterten Heiligenbildchen das kugelsichere Glas, küßte danach die auf dem

Heiligenbildchen abgebildete Muttergottes mit dem Jesukind und bekreuzigte sich dreimal. Vor den Füßen von zwanzig, dreißig Japanern, die sich vor der Pietà fotografieren ließen, lagen ihre Fotoapparate. Immer wenn einer die Gruppe mit seiner Kamera fotografiert hatte, kehrte er wieder zurück, während ein anderer seinen Fotoapparat aufnahm, sich vor die Gruppe stellte und ein Foto mit Japanern und kugelsicher verglaster Pietà schoß. Am Hauptaltar der Peterskirche, wo eine Messe zu Ende gegangen war, lagen die Geschenke der Gottesdienstbesucher, ein Ölbild, auf dem die Muttergottes mit dem Jesukind dargestellt war, ein handgeknüpfter Teppich mit dem Antlitz der Jungfraumaria und dem Jesukind. Auf verschnürten Geschenkpaketen lagen rote Rosen und weiße Lilien. Eine Frau – unter ihrer rechten Achsel klemmte eine italienische Sportzeitung – berührte mit ihrer freien Hand den abgegriffenen Fuß der Petrusstatue und küßte danach ihre Finger.

»Pour moi c'est trop macabre!« sagte ein ins gelbe Fruchtfleisch eines Pfirsichs beißender, eine lange weiße Papierhose mit grüner Aufschrift *Roma* tragender Negerjunge und weigerte sich, mit seinen französischen Schulkameraden in die Gruft der Päpste hinunterzusteigen. Der Saft des Pfirsichs rann über seinen rechten schwarzen Handrücken bis zu seinem Ellenbogen hinunter und tropfte auf den Marmorboden. Auf seiner Papierhose waren mit grünem Filzstift ein Katzenkopf und ein durchpfeiltes Herz aufgemalt. Kinder im Alter von vier, fünf Jahren, als Pfadfinder Christi verkleidet, gingen in der Päpstegruft im

Gänsemarsch zwischen den Sarkophagen hindurch. Eine weißgekleidete, weiße Holzpantoffeln und einen weißen Schleier tragende Nonne säuberte mit Putzlappen und langstieliger Bürste das Grabmal von Papst Paul VI., polierte mit einem stark riechenden Glanzmittel den Grabdeckel, steckte die Putzfetzen in einen Plastiksack, den Plastiksack in eine Ledertasche und ging, ein Kreuz schlagend, mit Besen, Bürste und Tasche aus der Päpstegruft. »Ich will dich noch bei den toten Päpsten knipsen, komm!« sagte eine Deutsche zu ihrer Begleiterin, bevor sie die Päpstegruft verließen und auf den Heiligenkitschladen zugingen. Ein mit bloßer Leibwäsche bekleidet an der Mauer lehnender, vor dem Souvenirladen immer wieder auf den Ausgang der Päpstegruft blickender junger Mann kaute gelangweilt am gezackten Rand eines Blattes der *Cronaca vera*, in der wöchentlich von den Tragödien in Italien – bebildert mit Leichenwagen, Augenzeugen, im Straßenstaub liegenden, blutüberströmten Mafiaopfern und vollbusigen Frauen – berichtet wird.

IN EINER VITRINE in der *Casa del Rosario* lag ein kleines, verstaubtes, mit seinen Zehen spielendes Kunststoffjesukind mit traurigem Gesichtsausdruck – in Vorausahnung seiner künftigen Leiden – wenige Zentimeter neben einem filigranen Elfenbeinkruzifix. Die aufgenagelten Hände des Elfenbeinjesus steckten in Watte, wie Fäuste in Boxhandschuhen, und waren mit Zwirnfäden umwickelt. Auf dem Drahtheiligenschein des Kunststoffjesukinds stand *Offerta 3500 Lire!* Nachdem ein kleiner polnischer Junge in einer Schatulle gewühlt, einen Gekreuzigten nach dem anderen in die Hand genommen, ihm ins Gesicht geblickt hatte, stieß er seine ebenfalls eine Heiligenstatue aussuchende Mutter am Ellbogen an, flüsterte mehrere Male »Mammi! Mammi!« und drückte ihr ein paar Liremünzen in die Hand. Der Kopf des Engels nickte, als die Mutter ein Geldstück in den offenen Schlitz einer Engelsbrust warf. Sie griff in ihre Handtasche, öffnete eine kleine, runde Schachtel mit dem aufgedruckten Kopf des regierenden Papstes und schob unauffällig zwei Tabletten in den Mund. Ein halbwüchsiger, spanischer Junge hielt, vor einem großen blutüberströmten Vexierbild des Jesus von Nazareth stehend, seine Hand in der Hosentasche, damit er unauffällig mit seinem Geschlecht spielen konnte. Eine der beiden Eistüten in ihren Händen haltenden, mit dunkelbraunem Kittel, schwarzem Schleier und schwarzen Schuhen bekleideten Nonnen, die von brombeerfarbenen Eiskugeln leckten, kippte eine kleine weiße Marmorpietà um und schaute auf das am Sockel klebende Preisschild. Auf eine ausgestellte Plastikmadonna zugehend, faltete ein Mann mit eingegipsten Armen seine Hände zum Gebet. Auf dem weißen, schon ein wenig verschmutzten Gips waren mehrere violette Schmetterlinge aufgemalt. Bewacht von einem halbmetergroßen Porzellanhund, lag ein Jesukind mit ausgebreiteten Händen auf Holzwolle in einem Bastkörbchen. Neben einem elfenbeinernen Brieföffner mit einem grünen Papstkopf als Handgriff stand eine kleine Plastikpietà in einer gläsernen Handschale in einer Vitrine in der Casa del Rosario.

Ein wenig verstört, sehnsüchtig und traurig blickte ein spanischer Jugendlicher auf Gesicht und Oberkörper einer Heiligenutensilien verkaufenden, sizilianischen Dialekt sprechenden Novizin, die aus mehreren Plastiksäckchen Hunderte kleiner Christusstatuen in eine große Schatulle rascheln ließ, während sein Vater, in der Schale kramend, das eine Kruzifixlein nach dem anderen in die Hand nahm, lange musterte und begutachtete. Nachdem ein spanisches Mädchen am parfümierten Rosenkranz gerochen, den es aus einer Holzschatulle genommen hatte, gab es ihn ihrer Freundin weiter, die den leise rasselnden Rosenkranz ebenfalls an ihre Nasenflügel drückte. Auf dem Schatullendeckel war der Kopf von Johannes Paul II. eingebrannt, auf der Unterseite der Schatulle ein Strauß Rosen. Mehrere halbwüchsige, polnisch sprechende Jungen versuchten kleine Silberkruzifixe zu stehlen, aber als sie auf einen die Jugendlichen streng beobachtenden schwarzgekleideten Prälaten aufmerksam wurden, verließen sie geschlossen, der eine pfeifend, der andere ein Lied summend, den Heiligenkitschladen, gingen auf den Petersplatz hinaus und suchten schnell das Weite.

»PREGHI ANCORA?« fragte im römischen Dialekt der einen karminroten, mit Wasser gefüllten Luftballon schwenkende Sohn der Feigenverkäuferin mit den langen, fast seine Wangen berührenden Augenwimpern die verwirrte, einen rosaroten Plastikrosenkranz um den Hals tragende, täglich auf dem Petersplatz er-

scheinende Frau. »Sempre!« antwortete sie. – »Perché sempre?« – »Non lo so!« Sie schob eine Weintraubenkugel nach der anderen zwischen die Lippen und flüsterte dem mit der Wasserbombe spielenden Piccoletto ins Ohr »Voi un' uva?« Verblaßt waren die blauen, mit einem Kugelschreiber aufgemalten Kreuze auf ihren verschmutzten Unterschenkeln. Ein paar Tage zuvor war sie auf dem Petersplatz zwischen den wartenden Pilgern mit einem Pappdeckel, der mit einem Heiligenbildchen beklebt war und auf dem eine Jesukindpuppe lag, herumflaniert. Sie kniete auf dem Asphalt vor den Pilgern nieder, streichelte die blaßlackierten Wangen ihres Fetischs, nahm eine weiße Hostie nach der anderen aus dem verschmutzten Plastiksack und hielt das Allerheiligste der Jesukindpuppe an den Mund, bevor sie eine nach der anderen, andächtig ein Gebet murmelnd, zwischen die eigenen Lippen schob. Wiederum an einem anderen heißen Sommertag saß sie lachend und in die Hände klatschend inmitten des Petersplatzes mit pendelnden Beinen auf dem Rand eines Brunnens und überschwemmte, ein Taufgebet sprechend, ihre Jesukindpuppe mit dem kühlenden Naß.
»No! no!« schrie eine Frau, als ihr am Brunnenrand lehnender Mann mit Schweißperlen an Stirn und Schläfen die blecherne Kapsel von einer Bierflasche beißen wollte, zwischendurch mit einem Messer vergeblich versuchte die Flasche zu öffnen und wieder, ängstlich angestarrt von seiner Frau, die Kapsel mit seinen Zähnen zu fassen versuchte und auch tatsächlich aufbiß. Ein kaum zehnjähriges, eine Barbiepuppe am Schopf haltendes Mädchen beugte sich über den Brun-

nenrand, erfrischte Unterarme und Gesicht und blickte in dem Augenblick zur Seite, als der ebenfalls am Brunnenrand sitzende Piccoletto, am silbernen Kruzifix herumbeißend, mit weit auseinandergespreizten Beinen seine Socken auszog. Lange schaute das Mädchen in sein Hosenrohr, auf seine aus der weitgeschnittenen, gelben Unterhose hängenden Hoden, auf die zerknitterte, über die Eichel hängende Vorhaut seines großen Gliedes. Der Junge tauchte seine nackten Beine ins Brunnenwasser, zog seine Strümpfe über die nassen Füße, während das Mädchen ihre Barbiepuppe, die sie am blonden knisternden Kunststoffhaar festhielt, ebenfalls in den Brunnen eintauchte. Später, als sich der Sohn der Feigenverkäuferin alleine glaubte, das Mädchen mit der Barbiepuppe weiter auf den Petersplatz hinausgegangen war, griff er in seine Hosenröhre, weitete seine Unterhose und putzte silbern glitzernde Meeressandkörner von seinen Geschlechtsteilen.

EIN KLEINER, BUCKLIGER MANN mit wächsernem Gesicht, leichengelber, mit schwarzen Flecken übersäter Haut schlug ein Kreuzzeichen und küßte seine schwarzpunktierten, mageren Hände, als mehrere einander zunickende, den Schweiß mit Taschentüchern, auf denen gelbe Mitren eingestickt waren, von der Stirn wischende rotgekleidete Bischöfe an ihm vorbei über den Petersplatz gingen. Seine Augenlider und Augenbrauen waren mit schwarzer Wimperntusche überpinselt, seine Augen gelblich und blutgesprenkelt, sein schütteres Haar schwarzgefärbt, der Schnauzbart

grauweiß. Nach Luft schnappend, riß er mehrere Male hintereinander seinen Mund auf und griff in Atemnot mit seiner mit goldenen Ringen verzierten Hand an seine Kehle. Ekelerregt verzogen vorbeigehende Pilger ihren Mund und flüsterten einander »Sida« zu. »Pantaloni lunghi! diecimila Lire! pantaloni lunghi!« rief die Papsttaler aneinanderreibende und Papierhosen mit dem grünen Aufdruck *Roma* anbietende Frau, als die Anführerin einer Jugendgruppe mit einer gelben Fahne, auf die eine Pietà aufgemalt war, vorbeikam. Auf der Brustseite der weißen Leibchen, mit denen alle Mädchen und Buben bekleidet waren, stand in grüner Farbe *Jesus*, auf dem Rücken weinrot *Alleluja*.
Immer wieder versuchte ein auf den Hinterpfoten stehender Hund mit weit hervorstehendem Geschlecht das kleine vom Handgelenk pendelnde Kruzifix einer mit geschlossenen Augen müde an der Mauer lehnenden Frau zu schnappen. Ein hockendes Mädchen stützte ihren Unterarm auf den Oberschenkel eines sitzenden, einen durchsichtigen Plastiksack mit frischgewaschenen Pfirsichen haltenden jungen Mönchs. Wassertropfen lagen auf den Früchten und schimmerten an der Innenseite des Plastiksacks. Zwei Mädchen schrieben zwischen aufgemalten, durchpfeilten Herzen ihre Namen und ihre Telefonnummern auf Papierhosen und überreichten sie zwei kichernden Jungen, die ihre kurzen Überhosen ausgezogen hatten und die langen, verzierten Papierhosen mit der grünen Aufschrift *Roma* über ihre nackten Beine streiften. Verstohlen, mit spöttischem Blick ihren Schritt verlangsamend, schauten sich ein paar Jugendliche nach dem

kleinen, buckligen Mann um, der schwarzgestocktes Blut in sein weißes Taschentuch schneuzte, wobei ihm ein paar nachfolgende, helle Blutstropfen auf seinen rechten Unterarm fielen. Ein Mädchen mit giftgrün umrandeter, blauschimmernder Sonnenbrille kreischte zur Belustigung und zum Entsetzen ihres Gefolges laut »Ex!«. Eine spanischsprechende Mutter, die beim Anblick des Kranken ihren Arm auf die Schulter ihres halbwüchsigen, einen blonden Bartflaum tragenden Sohnes gelegt hatte, ließ ihre Hand langsam über seinen Rücken und seine rechte Hinterbacke gleiten, ehe sie ihren Arm um seine Hüfte legte und schließlich, mit dem Jungen weitergehend, ihre Hand an seinem rechten Hinterbacken in die Jeanstasche steckte. Im Saum ihres langen, knapp über dem Asphalt tanzenden Kittels waren Pfaufederaugen eingestickt.
Den kleinen, buckligen, hüstelnd Blut spuckenden Mann mit dem wächsernen Gesicht, leichengelber, mit schwarzen Flecken übersäter Haut betrachtend, zog eine schwarzgekleidete Nonne aus einem Lederetui einen Rosenkranz heraus und küßte einen schwarzen Knorpel. Der Sohn der Feigenverkäuferin mit den langen, schwarzen Augenwimpern verließ in Begleitung des blonden Mädchens, das ein kurzärmeliges, weißes Leibchen trug, auf dem weinrote Kamele und sandfarbene Pyramiden aufgedruckt waren, den Petersplatz, ging, an seinem um den Hals hängenden Silberkruzifix herumbeißend und mit seinen vom rechten Handgelenk pendelnden Plastikschnullern spielend, wohl zehn Meter hinter dem Rücken seiner »Fichi freschi! vuole fichi! fichi freschi!« rufenden Mutter und dem die

schlappen, großen Feigenblätter zählenden Brüderchen vorbei, die Via di Porta Angelica entlang, Richtung Piazzale Risorgimento. Der kahlgeschorene, fünfzigjährige Mann, der ein weißes Leibchen mit dem Aufdruck *Mafia. Made in Italy* trug, schlug mit der einen Hand seinen auf einen Stab gesteckten Plastiknegerkopf mit den schwulstigroten Lippen gegen die Plakatwand, auf der ein maskiertes, auf dem elektrischen Stuhl sitzendes Kind mit gefesselten Beinen abgebildet war, kreischte, grimassenschneidend und mit der anderen Hand an seinen Geschlechsteilen reibend, immer wieder »Mamma! Mamma!«. Verschwunden war der menschliche Torso mit den schulterlangen, rötlich schimmernden Haaren. Der Wind wehte ein paar Zeitungsblätter des *Osservatore romano* von der Straßenmitte an den Straßenrand. Der Sohn der Feigenverkäuferin, mit den langen, schwarzen Wimpern und das blonde Mädchen stiegen auf dem Piazzale del Risorgimento gemeinsam in eine grüne Circolare und fuhren Richtung Villa Borghese.

NATURA MORTA II

»Mai, non saprete mai come m'illumina
L'ombra che mi si pone a lato, timida,
Quando non spero più ...«

»Nie, ihr werdet's nie wissen,
Wie mich der Schatten erleuchtet,
Der sich mir schüchtern zur Seite legt,
Wenn ich nicht mehr hoffe ...«

EIN BÜNDEL ROSMARIN schaute aus einem mit großen, weißen Pfirsichen und Aprikosen gefüllten Plastiksack heraus, mit dem eine junge Frau, die Haltestange in der Straßenbahn verfehlend, ans strohig knisternde Haar einer älteren Frau anstieß, die an ihrem linken Unterschenkel eine lange Narbe hatte und nickend mit ihrem speichelfeuchten Zeigefinger den Hieroglyphen einer an der Fensterscheibe der orangefarbenen Circolare klebenden Colawerbung nachfuhr *Il gusto è tutto light!* Auf den Aprikosen und den weißen Pfirsichen lag die Videocassette des Films *Sciuscià* von Vittorio de Sica. Der sechzehnjährige, mit einem weißen Leibchen, auf dem ein Bild von den Beatles aufgedruckt war, bekleidete Sohn der Feigenverkäuferin mit den langen, schwarzen Wimpern stand im vorderen Teil der Circolare unmittelbar neben dem Fahrer. Als der Halbwüchsige seine rechte Hand hob, um sich an einer Haltestange der ruckartig weiterfahrenden Straßenbahn festzuhalten, blickte die junge, ein Plastiksäckchen mit Pfirsichen und Aprikosen tragende Frau in seine buschig behaarte, schwarze Achselhöhle. Sie trat beim Einstieg eine Stufe tiefer, ging ein wenig in die Knie, beugte sich vor, damit sie nicht nur die Achselhöhle des Jungen betrachten, sondern auch seinen Schweiß riechen konnte. Die hinter den Jugendlichen stehende, ältere, immer wieder vor sich hin murmelnde Frau mit der langen Narbe am linken Unterschenkel beobachtete die Szene zunächst neugierig, dann skeptisch, schaute mit gerunzelter Stirn die junge

Frau mit den Früchten und der Videocassette, die sich mehr und mehr dem Jungen näherte, böse an und ließ sie nicht mehr aus den Augen, bis sie, an einer Haltestelle aussteigend, empört »Madonna! Madonna!« in die Circolare hineinrief und schnell, entschlossenen Schrittes die Straße hinunterging.
Mit ihren von Henna rotgefärbten bloßen Füßen standen zwei marokkanische Knaben mit Fensterputzgeräten am Straßenrand und liefen, wenn die Ampel auf Rot schaltete, an die bremsenden Autos heran. Eine Taube flog auf den am Straßenrand stehenden Glaskasten zu, setzte sich neben das Pferdehufeisen, mit dem ein Stapel Glückslose beschwert wurde, und fraß der Lotterieverkäuferin Maiskörner aus der Handschale. Ein kleines Mädchen blieb lange vor der Auslage eines Hochzeitsgeschäftes stehen und fixierte zwei aufgestellte Glashände, denen durchsichtige, weiße Hochzeitshandschuhe übergezogen worden waren. *Scusate le spalle!* stand rosarot auf dem schwarzen Leibchen eines mit einem Schwamm in der Straßenmitte wartenden Autofensterscheibenwäschers aus Sri Lanka, an dem die orangefarbene Straßenbahn vorbeiratterte. Eine Prostituierte schob ihre Hand unter ihre Bluse und klatschte, zwei breitbeinig vor einer Trattoria stehende Männer auffordernd anschauend, auf ihre nackten Brüste. Auf dem Trittbrett eines die Circolare überholenden, von einem Mann chauffierten Motorrads stand ein kleines, einen Plüschlöwen an seine Brust drückendes Mädchen mit einem gelben Plastikschnuller am rechten Ohrläppchen.

Eine Frau mit dicker Sonnenbrille zerquetschte mit ihrem Kreuzworträtselheft ein Insekt an der Fensterscheibe der weiterfahrenden Circolare und fragte ihren ebenfalls sehbehinderten Mann »È ammazzato?« Das Insekt endete mit herausgequetschten Eingeweiden in einem Kästchen ihres Kreuzworträtsels. »Veramente pazzo furioso!« rief der Sohn der Feigenverkäuferin, als der Circolarefahrer zu schnell um eine Kurve fuhr und es beinahe mit einer aus der Gegenrichtung ebenfalls zu schnell um die Kurve schwankenden grünen Circolare an einer Kreuzung zu einer Kollision gekommen wäre. Nicht nur einer der beiden in der Circolare nebeneinander sitzenden Jungen begann an einer lilafarbenen, frischen Feige zu nagen, nachdem er, seine Beine übereinander schlagend und erregt die Oberschenkel aneinander pressend, bemerkt hatte, daß ihm der Sohn der Feigenverkäuferin aufmerksam ins Gesicht, auf seine nackten, dunkelbraunen Oberschenkel und auf seine Hüften schaute, und seine Beobachtung sofort seinem danebensitzenden Freund mitgeteilt hatte, auch eine ältere, tiefgebräunte, runzelige, mit zusammengekniffenen Augenlidern aus dem Fenster blickende Frau griff in einen Papiersack und holte eine Feige hervor, als Piccoletto, ängstlich verwirrt, ob ihn vielleicht, außer den beiden Buben, noch ein anderer in der wackelnden und ratternden Straßenbahn amüsiert musterte, seinen Kopf von den beiden Jünglingen weg zur anderen Seite, zur braungebrannten Frau hinwandte. Die beiden Knaben steckten kichernd und flüsternd, auf die breiten Hinterbacken von Piccoletto schauend, ihre Köpfe zusammen, die runzlige, von der frischen, grünen Feige abbeißende Frau schaute auf die vorbeiflitzenden Kastanienbäume hinaus.

ZWISCHEN DER MARKTBAR und einem Alimentari stützte sich, auf den Hinterbeinen stehend, ein weißgrauer Husky mit hocherhobenen Vorderpfoten auf einen Steinphallus und schaute einem in den Park der Piazza Vittorio hupend einfahrenden Ambulanzwagen nach, der unter den Ästen einer Pinie einen jungen, bewußtlosen, drogensüchtigen Mann, dem Schaum vor dem Mund stand, aufzulesen hatte. Erschrocken hob die schwarzweiße, im tiefen Gras hokkende Katze ihren Kopf und spitzte ihre außen weißen, innen rosaroten Ohren, als sie beinahe von einer Bierflasche getroffen worden wäre, die der Sohn der Feigenverkäuferin, der diesmal einen kleinen orangefarbenen Kunststoffschnuller an seinem linken Ohrläppchen trug, wegwarf, nachdem er sie mit seinem Freund, dem Sohn des Alimentarihändlers, gemeinsam geleert hatte. Eine junge Zigeunerin putzte mit einer Kunststoffwindel den Hintern ihres Kleinkindes, warf die Windel an den Stamm einer Pinie, setzte ihr Kind mit bloßem Hintern auf ihren Schoß, zupfte aus einer angebrochenen Paprikawurst kleine Fleisch- und Fettstücke und steckte sie ihrem Kleinkind in den Mund. Als der mit dem Sohn des Alimentarihändlers am Geländer des Ubahnaufganges lehnende Piccoletto den an den beiden im Park ineinander im Gras sich verbeißenden und wälzenden, schwarzweißen Katzen vorbeigehenden halbwüchsigen Zigeunermädchen »Carine!« zurief, begannen die sich lächelnd weiter unterhaltenden Mädchen, die kleine farbige Kunststoffschnuller an ihren Ohrläppchen trugen, sofort mit ihren Haaren zu spielen und Locken um ihre Zeigefinger zu wickeln. Eines der beiden Zigeunermädchen, das ihre Hände im Nacken verschränkte, verdrehte, kokett in die Unterlippe beißend, ihren Kopf nach den beiden Jungen. Das Mädchen zerriß ein Stück Stoff, drückte die Fetzen an ihre mit rotem Stift beschmierten Lippen und warf sie auf den Ast der Pinie. Die beiden Jungen – der Alimentarihändlersohn stieg auf die Schultern von Piccoletto – holten das mit Lippenstift beschmierte Tuch vom Baum und drückten es, die Fetzen einander aus den Händen reißend, an ihre Nasen. An einer grünen Feige knabbernd, löste die eine Toilettenfrau im Park der Piazza Vittorio ein Kreuzworträtsel, die andere vertiefte sich in die satt bebilderten Kriminalberichte der *Cronaca vera*. Ein Gecko lief irritiert zwischen schwarzen Ameisen, die rote Köpfe hatten, über die sonnenbeschienene Mauer der Markttoilette und versuchte verzweifelt seine Nische wiederzufinden, die soeben von einem Maurer vergipst worden war. Neben dem Eingang der Markttoilette hokkend, zog Piccoletto dem Sohn des Alimentarihändlers einen Holzsplitter aus dem Ellbogen und beschmierte mit seinem Speichel die Wunde seines Freundes.

VOR DEM VERKAUFSSTAND des Alimentarihändlers schnitt der betrunkene, bärtige, neapolitanische Marktsänger mit seinen von Schlangenmotiven und Pfeilen tätowierten Unterarmen Fett von ein paar weggeworfenen Schinkenschwarten und schob sie mit ein paar roten Peperonistreifen, Bier aus einer Sardinendose nachspülend, in seinen Mund hinein. Piccoletto, der vor dem Stand des Alimentarihändlers noch auf seinen eine Negerin bedienenden Freund wartete, spielte mit seiner in der Hosentasche versteckten Hand an seinen Geschlechtsteilen und versuchte darauf zu achten, daß man unter seinem sich leicht bewegenden, bis zu den Hüften hinunterreichenden Leibchen seine Handbewegungen nicht wahrnehmen konnte. Jammernd und bettelnd verließ ein junger Zigeuner mit Frau und Kind den Stand, als ihm der Alimentarihändler nur ein paar Schinkenschwarten gab und sich weigerte, ihm auch noch den Knochen des Parmaschinkens zu schenken, an dem noch ein paar Fetzen Fleisch und Fett hingen. Piccoletto musterte die am Stand des Alimentarihändlers hängenden Fleischwürste, drückte daran, verglich ihre Größe, umfaßte sie mit Daumen und Zeigefinger, während der Alimentarihändler, laut »forza« rufend, mit einer leeren Mineralwasserflasche auf die Theke schlug und mehrere Zigeunermädchen verjagte, die unmittelbar vor seinem Verkaufsstand, seine Kundinnen bedrängend, den Passanten rosarote Büstenhalter anboten.
Neben dem Alimentari wühlte eine spanische Familie, die Mutter mit einem zwölf- und einem vierzehnjährigen Sohn, im Unterwäscheberg eines Kleiderstandes.

Der Vierzehnjährige hielt den einen nach dem anderen Slip in die Höhe, während seine mit hoher Stimme einen spanischen Dialekt schnatternde Mutter, immer wieder auf die Hüften des Jungen schauend, ebenfalls Leibwäsche aussuchte. Als beide ein Bündel gesammmelt hatten – der Junge vornehmlich farbige Slips, die Mutter weiße, großgeschnittene, altmodische Unterhosen –, wollte der Vierzehnjährige seiner Mutter die Wäsche, die er für sich ausgesucht hatte, aufdrängen, aber sie legte nur die Wäsche zur Kassa, die sie selbst für die beiden Buben aus der Kiste herausgeklaubt hatte, und warf die farbigen Slips wieder auf den Wäscheberg. Als ein Mann zu der rosarote Büstenhalter anbietenden Zigeunerin witzelnd sagte, daß er ihre junge Tochter heiraten möchte, fragte sie ihn, ob er denn vermögend sei, wieviel Geld er denn habe. Eine andere Zigeunerin drückte einer Römerin, die ihr für ein Paar neue Schuhe zu wenig Geld geboten hatte, den Stöckel des Schuhs an die Nase, und ein indischer Vater, der für seinen Sohn weiße Socken ausgesucht hatte, fragte den Halbwüchsigen, bevor er die Strümpfe bezahlte, ob er denn mit seiner Auswahl auch einverstanden sei.

ZWEI NERVÖSE WINDHUNDE am Halsband haltend, ging eine Frau, begleitet von ihrem Kind, das in einem durchsichtigen Plastiksack die schwarze, hartblättrige Radiographie ihres Brustkorbes trug, zwischen den Fisch- und Fleischständen hindurch zu den Obstständen und kaufte ein Kilo große, weiße Pfirsiche. Träge öffnete sie immer wieder ihre mit dicker,

schwarzer Wimperntusche beschmierten Augenlider. Selbst ihre Zähne waren vom roten Lippenstift nicht verschont geblieben. Die beiden halbwüchsigen marokkanischen Jungen gingen zwischen den Pfirsich- und Aprikosenständen hindurch auf die Honigmelonenstände zu, legten einander die Arme um ihre Schultern, drückten kokett ihre Wangen aneinander und blickten sich lachend nach einem ihnen unauffällig folgenden Mann um. Ein alter, einäugiger, einen gekräuselten, schwarzgrauen Bart tragender Marokkaner, der zwischen den Obstständen Socken, Leibchen, Sonnenbrillen und Nachttischuhren verkaufte, aß an einer Honigmelone. Die Honigmelonen waren in Holzwolle eingewickelt und in Holzkisten verpackt. Auf einer auseinandergeschnittenen, stark duftenden Honigmelone lag ein Farnblatt, das mit einem durchsichtigen Stück Plastik abgedeckt worden war. Die Honigmelonenverkäuferin zwickte dem herumflanierenden, einmal da, einmal dort auf dem Markt auftauchenden Sohn der Feigenverkäuferin in den breiten Hintern und rief kokett und auffordernd »Allora!«.
Neben einem Haufen grüner Pistazien lag ein Strauß Rosen, auf einem Haufen schwarzer, getrockneter Pflaumen mehrere rote und rosafarbene Papierrosen. Ein bloßfüßiges, Kirschen aus einem Papiersack essendes Zigeunermädchen mit strähnig verklebten Haaren bot im Vorbeigehen, die Kerne vor ihre eigenen Füße spuckend und »Mille Lire!« rufend, den Passanten und Früchteverkäufern Badehosen und Boxershorts an. Piccoletto schälte eine Banane, warf die gelbe Schale auf den Boden und hielt die leicht gebogene, glitschig

weiche Frucht eine Zeitlang in der Hand, lutschte zuerst ein paarmal daran, ehe er Stück für Stück abbiß und genußvoll zwischen Gaumen und Zunge zerdrückte. Nachdem er die Banane aufgegessen hatte, legte er müde seinen Kopf auf eine mit Erdbeeren gefüllte Holzkiste. Die durchsichtige, halb mit Milch gefüllte Babyflasche, die eine Negerin in einem durchsichtigen Plastiksack trug, war von den Fruchtfleischresten einer Banane beschmiert. Eine Bananenschale in der Hand haltend, stand eine junge deutsche Touristin hilflos und unentschlossen vor den Gemüse- und Obstabfällen, ehe sie sich bückte und die Bananenschale vorsichtig und zart auf den Abfallhaufen legte.
Die Zitronenhändlerin warf mehrere Kisten völlig verschimmelter Zitronen an den Straßenrand. Eine alte Frau sammelte die herumliegenden gelben Zitronennetze ein, löste sie von den faulenden und verschimmelten Zitronen und stopfte sie in einen Plastiksack. Der zahnlose Zitronenhändler drückte ein mikrophonartiges Gerät an seinen Hals, aus dem man mit leiser computerartiger Stimme »Limoni! limoni! mille Lire! limoni!« hörte. Eine Kundin zeigte der ständig mit einem Augenlid zuckenden Zitronenverkäuferin ein Foto, das anläßlich ihres vierzigsten Hochzeitstages geknipst wurde, an dem sie mit ihrem Mann – er im Frack, sie im weißen Kleid – auf einer Kirchentreppe stand. »Bello!« rief die Zitronenhändlerin entzückt, »molto bello! complimenti! complimenti!«. In einer mit Südfrüchten dekorierten Schale, zwischen getrockneten Ananas, Feigen und Datteln, lag mit ausgebreiteten Armen eine Jesukindpuppe mit einem ver-

goldeten Drahtheiligenschein. Ein kleines, blondes Zigeunerkind mit schmutzig verkrusteter Kopfhaut, das an starkem Haarausfall litt, ging bloßfüßig durch Glasscheiben, Eingeweide, blutige Hühnerköpfe und gelbe Hühnerkrallen auf die Feigenverkäuferin zu. Ein Zigeunermädchen schälte mit ihren rotlackierten, langen, schmutzigen Fingernägeln eine frische, grüne Feige. Mit einem falschen Haarzopf, der ihr aus dem Haar fiel, schlug sie ihr kleines, an der abgeschälten Feige kauendes und jammerndes Kind auf den nackten Hintern.

Ein alleingelassen unter den Leuten stehendes, weinendes Kind trug ein Leibchen, auf dem ein Verkehrsschild mit zwei Hunden aufgedruckt war und *Attenti al cane!* stand. »Lascialo in pace!« sagte scharf und bestimmt der Ananasverkäufer mit völlig verhärtetem Gesichtsausdruck, als er von Piccoletto gefragt wurde, wer denn der Junge sei, dessen vergoldetes Antlitz als Vexierbild, einmal mit geöffneten, einmal mit geschlossenen Augen, je nach dem, wie sich der Ananasverkäufer bewegte, an einer vergoldeten Kette um seinen Hals hing. Piccoletto drückte zwei Holzkisten voll frischer grüner Feigen an seine Hüften, während seine Mutter Salbei, Rughetta, Basilikum kaufte und unter dem Nabel ihres Sohnes, seinen nackten Bauch berührend, ein Bündel Petersilie auf die Feigenkisten legte. Während die Zigeunerin ein Kleid in die Höhe hielt und der Ananasverkäuferin anbot, rutschte die Zitze aus dem Mund ihres vor Hunger schreienden Kleinkindes. Die Zigeunerin schob ihrem Kind, das mit Eiter verklebte Augenlider und einen verschmutzten

Mund hatte, die steife milchtropfende Brustwarze wieder zwischen die Lippen.

DER MACELLAIO HACKTE die weißen, an den Spitzen blutgeröteten Kalbsfüße der Länge nach auseinander, so daß die eine gerötete Zehe auf die linke, die andere Zehe auf die rechte Seite fiel. Weitausholend zerstückelte er mit einer Fleischhacke die Kalbsfüße in sechs, sieben Teile. Mit seinem nackten Oberarm wischte er Knochenbrösel und Gelee von seinem Gesicht. *Carni naz/ion/ali* stand in den Farben der italienischen Trikolore auf einem Preisschild. Feiner, weißer Knochenstaub rieselte auf eine Marmorplatte, als er mit einer elektrischen Säge schwere Rindsknochen auseinanderschnitt. Weiße, enthäutete Rindsfüße lagen neben den dicken, blauen Rinderzungen. Eine Fliege lief über den blaugrauen Gaumen eines umgedreht auf einem Tablett liegenden Rinderschädels. Das Gebiß des Rinderschädels erinnerte an eine auseinandergebrochene Krone. Jedesmal, wenn der Macellaio – auch an seinem rechten Handgelenk pendelte ein rosaroter Kunststoffschnuller – von einem großen Stück Rindsfleisch ein paar Filets abschnitt und den Rest wieder auf den Fleischerhaken zurückhängte, an dem auch eine Glocke pendelte, hörte man ein helles Bimmeln. Unter den brennenden, heißen Glühbirnen schwitzte die Haut der drei am Loch der Schußwunde aufgehängten Schweinsschädel, die am Unterkiefer büschelweise blutige Haare hatten. Neben übereinandergestapelten bleichen Schweinsfüßen, denen die Zehennägel

abgezogen worden waren, lagen mehrere Schweinsohren zum Verkauf. In den Blasen eines Schweinslungenflügels staken zwei kleine rosarote Plastiktrompeten. Eine Zigeunerin stieß einen Schrei aus, als der zwischen den Verkaufsständen und den Passanten entlanggehende, ein totes Schwein auf seiner Schulter tragende und immer wieder »Attenzione! attenzione!« rufende Fleischhändler die blutige Schweinsnase absichtlich auf ihren dicken, schwarzen Haarzopf drückte.
Die roten, langen Fingernägel der blonden, vergoldete Augengläser, goldene Hals- und Armbandketten und goldene Ringe tragenden solargebräunten Eingeweideverkäuferin, die mit einem spitzen Messer an mehreren Lungenflügeln herumschnipselte, waren ständig blutbeschmiert. In ihrem verglasten Eingeweidekasten hing ein großes, gerahmtes Farbfoto an der Wand, auf dem einjährige Zwillinge abgebildet waren. Neben den grauen Eingeweiden hing eine Knochensäge auf einem Fleischerhaken, an der man noch den weißen, feinen Knochenstaub sehen konnte. Frische, stark duftende Pfefferminzzweige lagen auf einem ausgewaschenen, grauen, lamellenartigen Pansen. Die Eingeweidehändlerin bog eine Rindszunge zusammen, wickelte sie in Papier, übergab sie einer Chinesin und putzte mit einem feuchten Netzlappen die Blutspritzer von den Preisschildern. Den langen, rotlackierten Zeigefingernagel in die Rindslunge drückend, rief sie die Sonderpreise der reihenweise an Fleischerhaken hängenden Rindszungen aus.
Ein Mann ging mit einer Kanne voll flüssiger, schwar-

zer Schmiere von Geschäftstür zu Geschäftstür und fragte die Fleischhändler, ob er die Türen ihrer Verkaufskabinen schmieren solle. »Come va?« sagte der Messerverkäufer, als ein Kind mit einem Plastikflugzeug in der erhobenen Hand auf den Mann zutrat und seine auf einer Holzkiste ausgebreiteten Schlachtmesser betrachtete. Als ein fünfzehnjähriges, rote und gelbe Kunststoffnelken im Haar tragendes Zigeunermädchen mit zwei anderen, ebenfalls mit Kunststoffblumen geschmückten und bunte Kittel tragenden Zigeunermädchen ein Stück Kalbfleisch mit ihren bloßen Händen anfaßte, hielt ihr der Fleischhauer lachend und scherzend ein blutiges Messer an die Kehle. Die mit Textilien handelnden Zigeunermädchen gaben dem Fleischhändler ein Kleid und bekamen dafür ein paar Kilo Ochsenfleisch.
Carne religione musulmano stand bei einem anderen Fleischerstand auf einem Schild. Zuerst kontrollierte der Fleischhändler aus Sri Lanka den Zehntausendlireschein, hielt ihn gegen das Licht und drehte ihn zweimal um, bevor er seinem Landsmann den blauen Plastiksack mit dem musulmanischen Fleisch in die Hand drückte. Zwei Neger feilschten mit dem Fleischhändler aus Sri Lanka um den Preis von drei in der Auslage liegenden, großen Stierherzen. Ein sich vom Fleischstand abwendender Mann, der sein Kopfhaar wie ein Mönch kreisrund ausrasiert hatte, griff an sein Herz und öffnete erschrocken den Mund, als ein kleiner, eine große schwarze Plastikpistole tragender Knabe an der Hand seiner Mutter auf ihn zukam.

LI MORTACCI TUA –
DEINE VERFLUCHTEN TOTEN

»Sono tornato ai colli, ai pini amati
E del ritmo dell'aria il patrio accento
Che non riudrò con te,
Mi spezza ad ogni soffio ...«

»Auf die Hügel bin ich wieder gegangen, zu den
 geliebten Pinien,
Und der heimatliche Tonfall im Wohlklang der Luft,
Den ich mit dir nie wieder hören werde,
Zerreißt mich bei jedem Atemzug ...«

DER JUNGE KAHLGESCHORENE Fischhändler, der von seinen Arbeitskollegen »Nazi-Skin« genannt wurde, warf das kleine scharfe, leicht gekrümmte, blutige Fischmesser in die weiße, mit Sardinen gefüllte Porozellkiste, hob seine mit einem orangefarbenen Plastikhandschuh bedeckte Hand zum Hitlergruß und rief »Eil Itler!«, als er die beiden halbwüchsigen, marokkanischen Strichjungen auf einen Kunden zutreten und ihn um tausend Lire bitten sah. Zuerst sagte Principe, daß er, Piccoletto, ein »bambino stupido« sei, weil er sich an einem über dem Fischstand montierten, kreisenden Eisenflügel eines Ventilators eine Kopfverletzung zugezogen hatte, dann gab er ihm mit zugespitzten Lippen einen Kuß auf seine mit Sommersprossen übersäte Backe unter der Wunde, ebenso Frocio, der dicke Fischhändler, der das Leukoplast von der Wunde reißen wollte, aber vom meuternden, das Gesicht schmerzhaft verziehenden Piccoletto gehindert wurde. Während der Sohn der Feigenverkäuferin, der an diesem Tag ein Leibchen trug, auf dem die Beatles abgebildet waren, ungerührt auf Kunden wartend, das Silberkruzifix zwischen seine Lippen pressend, sich mit der Hand auf die Schwertspitze eines aufgestellten Schwertfischkopfes stützte, griff Frocio in die Hose des Jünglings, zwischen seine Hinterbakken und verzog sein Gesicht vor dem spöttisch lachenden Knaben. Piccoletto biß von einem weißen Pfirsich, hob seinen Kopf, verdrehte seine Augen und streichelte seine Hinterbacke, als am Fischstand eine junge, eine enge, pfirsichfarbene Nylonhose tragende Chinesin vorbeischlenderte.

Als der Sohn der Feigenverkäuferin einem alten, schon stark nach Verwesung riechenden Karpfen mit dem spitzen, gekrümmten Fischmesser den Bauch aufschnitt, öffnete sich das Maul des Fisches, und eine gallengelbe Flüssigkeit tropfte heraus. Ein paar Fischschuppen fielen beim Fischeputzen der Kundin, einer Negerin, auf den schwarzen Handrücken. Frocio richtete einen großen, schon leicht nach Verwesung riechenden Fisch in der Porozellkiste auf, rückte den sich neigenden Kopf des Fisches zurecht und lehnte sich, die Arme verschränkend und ohne die Passanten anzusehen, immer wieder und automatisch »Vuole? vuole? dica! vuole?« rufend, an den Rand der aufgestapelten, mit Fischen und Eis gefüllten Porozellkisten. Halbwüchsige, verschiedenfarbene Plastikschnuller an den Handgelenken tragende Zigeunerjungen spritzten vorbeigehenden Zigeunermädchen mit Spielzeugpistolen Wasser ins Gesicht. Ein schwarzhaariger Zigeunerjunge rieb an seinem Kinn, als ein paar Zigeunermädchen – an ihren großen, vergoldeten Ohrringen hingen ebenfalls kleine verschiedenfarbene Kunststoffschnuller –, die Kleinkinder an ihre Brust drückten, an ihm vorbeigingen. Vor den Fischständen, am Straßenrand, hatte ein Maler mit farbiger Kreide den Heiligen Sebastian mit großen Blutstropfen an den Pfeilen auf den Asphalt gemalt. Die Hände des Heiligen waren über dem Kopf an einem Baum mit Stricken festgebunden. Neben den verschiedenfarbigen, zerbrochenen Kreiden lag eine Ansichtskarte mit dem

San Sebastiano von Guido Reni, die der Maler als Vorlage verwendet hatte. Als sich ein Mann mit dem Maler zu unterhalten begann und ihn fragte, was er denn gerade in sein Skizzenbüchlein zeichne, drängte sich Piccoletto dazwischen und summte ein Lied. Nazi-Skin nahm ihm das Büchlein aus der Hand und beteuerte, daß er »un bel' canto« mit einem roten Farbstift hineinschreiben möchte, kritzelte aber unter die Zeichnung einer schwarzgelben Muräne ein Hakenkreuz und drückte dem Maler das Skizzenbüchlein mit hochnäsig erhobenem Kopf und frechem Blick wieder in die Hand. Während Piccoletto – sein am linken Ohrläppchen hängender kleiner Kunststoffschnuller war von einem Tintenfisch schwarz gefärbt –, einen Lachs ausweidend, im römischen Dialekt ein Liebeslied sang, rief der ebenfalls Fische putzende Principe, Grimassen schneidend, »Disegna me! disegna me!« auf den Maler zu und tauchte einen fetten Karpfen in einen Wasserbottich. Schwarzer Eingeweidesaft rann aus dem Maul des Fisches. Piccoletto berichtete, daß eine junge, schöne, blonde Ärztin seine Stirnwunde, die er sich am Fischstand durch den kreisenden Ventilator zugezogen, im Krankenhaus genäht habe.

Auf dem Rückweg vom Krankenhaus zum Markt habe er vor dem eingegitterten Museo Nazionale Romano, auf der Piazza dei Cinquecento, unmittelbar neben einem Kinoplakat, auf dem für den Film *I gladiatori della strada* geworben wurde, einen drogensüchtigen, bewußtlos zusammengekauerten, in einem halbzerfetzten Zahnarztstuhl sitzenden halbwüchsigen Jungen gesehen, der auf seinen eigenen Körper erbrochen hatte. Sein Gesicht war verschmiert von Erbrochenem, Reste verfärbter Eier klebten um seinen Mund, sein Unterkiefer war verschoben, dicke Speichelfäden hingen von seinen Lippen. Er habe den Jugendlichen im Zahnarztstuhl zur Seite gedreht, damit er nicht im Erbrochenen ersticke. Wenige Meter vom ohnmächtigen Jungen entfernt war ein Altar von Blumen errichtet. In arabischer und italienischer Aufschrift wurde auf einem Pappdeckel kundgetan, daß an dieser Stelle ein fünfunddreißigjähriger, drogensüchtiger Mann gestorben war. In einer Bierflasche waren Rosen und Nelken für den Toten eingefrischt. Als der verarztete Piccoletto sein Elternhaus anrufen und vom Unfall erzählen wollte, stand ein Mädchen im hautengen Anzug in einer offenen Telefonzelle, die immer wieder ihre an der engen Hose sich abzeichnenden Geschlechtsteile streichelte und ihrem Gesprächspartner mitteilte, daß sie um neun Uhr abends in Napoli an der Stazione Centrale aus dem Zug steigen werde. Als sie bemerkte, daß dem Jugendlichen mit dem Hansaplast auf der Stirn ihre Erregung aufgefallen war, zog sie lachend mehrere Male ihre enge, elastische, gelbe Hose hoch, so daß er noch deutlicher die Wölbung der beiden Schamlippen sehen konnte. Kaum hatte das Mädchen das Gespräch beendet, rief es, auf den Telefonapparat deutend, »Prego!« und eilte in großen Schritten mit ihrer roten Reisetasche auf die Stazione Termini zu.

DER DICKE FISCHVERKÄUFER drückte seinen Kopf in seinen fetten Nacken und quetschte den Saft einer Zitrone – die gelbliche Flüssigkeit lief auf seiner Zunge auseinander – in den aufgerissenen Mund. Ein bärtiger junger Mann, eine große, schwarzgelbe, am Hals faltige Muräne kaufend, fragte den Principe, wie er das Ungetüm zubereiten solle. Der Fischhändler trat ganz nahe an den Käufer heran und flüsterte ihm das Rezept ins Ohr. Als aber ein Araber, dem offenbar bei einem Unfall an seiner Unterkieferpartie ein Muskel durchtrennt worden war, so daß er die Lippen nicht mehr ganz zusammenpressen konnte, mit leichtgeöffnetem Mund näher kam, um die Empfehlung mitzuhören, trat Principe, das Rezept unterbrechend, einen Schritt zurück. Mit offenem Mund und glasigen Augen starrte der Araber lange auf die schwarzgelbe Muräne. Frocio wickelte mehrere Fäuste voll Eisflocken, die er zu einem Phallus gepreßt hatte, in Stanniol, hielt das kalte Kultobjekt an seine Hüften und drückte – einen Samenerguß mit einem Kilo Sperma imitierend – die Eisflocken vor dem Sohn der Feigenverkäuferin aus dem Stanniolpapier. Einmal drückte Frocio seine von den Tintenfischen schwarzgefärbten und mit Fischschuppen übersäten Hände auf die Brust von Piccoletto und rieb seinen borstigen Bart an der weichen, mit leichtem Flaum bedeckten Wange des Jugendlichen, einmal rieb er seine feuchte Nase am Hinterkopf und biß dem Jungen dabei ins Genick, der sich der hierarchischen Ordnung am Fischstand fügte und alles über sich ergehen ließ, ein anderes Mal umarmte er ihn und drückte seinen Kopf an die verletzte, mit Hansaplast

verklebte Stirn, bis der Junge laut vor Schmerz aufschrie und sich aus der Umarmung des dicken Mannes zu lösen versuchte.
Als eine Negerin mit einer Plastikschaufel ein paar Krabben in einer Wanne aufgegabelt hatte, die sie kaufen wollte, nahm ihr Frocio die Schaufel aus der Hand, stürzte die Krabben wieder auf die anderen haufenweise übereinanderliegenden und übereinanderkrabbelnden Tierchen, wühlte mit der Schaufel in der Plastikwanne und gab der Negerin zu verstehen, daß er und nur er die Krabben herausschöpfen dürfe. »Li mortacci tua!« – Deine verfluchten Toten! – rief Piccoletto, verzog ekelerregt sein Gesicht und machte eine abwehrende Handbewegung, als eine rauschgiftsüchtige junge, ausgemergelte und faltige Frau unmittelbar hinter dem Fischstand am ständig laufenden Wasserstrahl des Brunnens ihre Spritze säuberte und das Menschenblut aus der Phiole auf die in einer Wasserlache schwimmenden Fischköpfe tropfen ließ. »Compri! soldi!« rief der am Silberkruzifix herumbeißende Piccoletto, als eine mittellose Frau mit Kind auf dem Arm fragte, ob sie die hinter dem Fischstand in einer Holzkiste liegenden Fische gratis haben könne.
Frocio fragte Principe, ob er die in der Kiste aufgereihten Fische schon heute an den Straßenrand werfen solle, aber der Capo gab ihm wortlos, mit einer Handbewegung zu verstehen, daß er diese Fische auch noch morgen zum Verkauf anbieten könne, sie noch nicht verdorben seien. Die Fische, die er an diesem Tag nicht verkaufen konnte, legte der immer wieder »Dica! dai!« auf die Vorbeigehenden zurufende, die Käufer einla-

dend und ermunternd in die Hände klatschende Piccoletto in eine Porozellkiste hinein und überschüttete sie mit grob zerstoßenem Eis. Zwischen den Eisbrocken schauten rosarote Fischköpfe, offene Mäuler mit winzigen Zähnen heraus. Immer wieder mit seinen Fingern zurückzuckend, montierte der Junge über dem Fischstand die heißen Glühbirnen ab, wickelte sie in zerknittertes, rosarotes Papier der *Gazzetta dello Sport* und legte sie, als die ersten Regentropfen fielen, vorsichtig nebeneinander in eine Schachtel hinein. Blau knisternde Funken spritzten von der Stromleitung der grünen Circolare, die vorbei an den Fleisch- und Fischständen langsam die Straße entlangratterte. Andeutungsweise tippte Frocio dem Sohn der Feigenverkäuferin die Spitze des gekrümmten, kleinen, blutigen Fischmessers auf den Bauch, drückte ihm einen Zehntausendlireschein in die Hand und gab ihm, auf die dicken schwarzen Quellwolken deutend, den Auftrag, für die Fischverkäufer – wie jeden Tag – in der nahe gelegenen Pizzeria den Mittagsimbiß, Pizza mit Salami, zu holen. »Buona notte, anima mia!« sang Frocio und wischte laut miauend mit einem feuchten Tuch Fischblut von der Verkaufstheke.

VOR DEN ÜBERDACHTEN Fischständen wartete ein großer, schlanker Neger in langer braunweißer Kutte, der ein Anhängsel in Form des afrikanischen Kontinents, aufgeteilt in die drei Farben der italienischen Trikolore, um den Hals trug, mit einem Sack voll Zwiebeln auf der Schulter, schaute in den strömenden, auf die Straße niederplatschenden Regen und auf die vorbeiflitzenden Autos. Regenwasser rann von der frischgewaschenen Wäsche, die vor den Fenstern der gegenüberliegenden Hochhäuser hing, auf die Fußgängerzone hinunter. Um sich vor dem Regen zu schützen, stülpten Frauen schwarze Plastiksäcke, die sie von den Verkäuferinnen bekommen hatten, auf ihre Köpfe, rissen die Säcke auseinander und legten sie um ihre Schultern. Regentropfen rannen in schneller Reihenfolge von silbernen Schirmspitzen. Regenwasser rann in Bächen vom Wellblech der überdachten Verkaufsstände auf die im Rinnsal schwimmenden Fischeingeweide und Fischköpfe, die vom monsunartig niederklatschenden Regen zur Straßenmitte hinausgeschwemmt und von den Autos überfahren wurden. Hintereinander fuhren zwei hupende, rote Feuerwehrwagen, links und rechts breite Wasserflügel verspritzend, die plitschnasse Straße entlang. Neben einem aufgespannten Regenschirm stand ein Fahrrad mit aufmontiertem Schleifstein, an dessen funkenversprühender, rauher, rotierender Scheibe der Messerschleifer, in die Pedale tretend, die ungewaschenen, noch blutbefleckten Schlachtmesser der Fleisch- und Fischhändler wetzte. Schreiend seine Ware anbietend, ging ein Mann, dem ebenfalls Regenwasser übers Gesicht rann und der an einem langen Band eine offene Kiste um den Hals hängen hatte, in der graue Plastikskelette mit rotäugigen Totenschädelchen lagen, zwischen den Fischständen hindurch. Regenwasser rann übers Gesicht und über die strähnigen und verklebten Haare eines Pistazien essenden Zigeunermädchens, das an ihrem Unterarm ein blaues Kreuz eintätowiert hatte. Regenwasser schwemmte grobes Salz von dem übereinandergestapelten, aneinanderklebenden, getrockneten und eingesalzenen Baccalà. Drei nasse, schwarze, noch blinde Kätzchen mit vereiterten Augenlidern nagten an salzigen Fischstücken herum. Nasse rote, weiße und vanillefarbene Oleanderblüten fielen hinter den Verkaufsständen im Park der Piazza Vittorio von den Sträuchern. Regenwasser plätscherte auf die weichen, in Holzkisten liegenden, schimmelnden Erdbeeren und färbte die Kisten erdbeerrot.

In dem Augenblick, als bei Blitzen und ohrenbetäubenden Donnerschlägen im niederprasselnden und auf dem Asphalt aufklatschenden Regen eine dritte, laut hupende Feuerwehr mit hoher Geschwindigkeit über die Straßenbahngleise um die Kurve fuhr und in weitem Bogen rotgefärbtes Wasser von den bis zur Straßenmitte geschwemmten Fischresten auf die Fischstände zurückspritzte, lief Piccoletto mit einer warmen Pizza auf die Straße hinaus, in den vorbeipreschenden Feuerwehrwagen hinein. In weitem Bogen flog die Pizza auf den Asphalt. Der Junge wurde mehr als zehn Meter von der Feuerwehr mitgeschleift. Nur mehr mit einer gelben Unterhose und dem zerrissenen Leibchen bekleidet, auf dem die Beatles abgebildet waren, lag Piccoletto rücklings auf dem Asphalt. Der Regen platschte auf seinen Körper, auf sein Gesicht, auf seine offenen, unbeweglichen Augen und rann in seinen Mund hinein. Blut rann aus seiner Nase und aus seinen Ohren. Vor dem Verunglückten stehend, warf der Fahrer mehrere Male wort- und hilflos seine Arme in die

Höhe. Quietschend blieben Autos stehen, Autotüren wurden zugeschlagen, Frauen, Männer und Kinder eilten zur Unfallstelle, der Verkehr kam zum Erliegen, der Regen peitschte den Asphalt und die Dächer der Autos, die Blitze kreuzten sich, und die schweren, krachenden Donnerschläge übertönten den Straßenlärm. Frocio, der, nach Piccoletto und der Pizza Ausschau haltend, den Unfall mitverfolgt hatte, lief im strömenden Regen zwischen anhaltenden und hupenden Autos auf die Straße, kniete vor dem Jungen nieder, drückte sein Gesicht auf die blutverschmierte Brust, hob den Jungen vom Asphalt und lief, laut »Aiuto! aiuto!« schreiend, auf die überdachten Verkaufsstände zu, über verstreut auf dem Boden liegende Eisbrocken, Fischköpfe und Fischeingeweide, vorbei an der aufragenden Schwertspitze eines mit der Schnittfläche auf den Boden gesetzten Schwertfischkopfes, vorbei an den weißen Porozellkisten, in denen graue, junge Haifische mit ihrer reibeisenrauhen Haut lagen und sich die schleimigen Aale noch im Todeskampf wälzten, ihre kleinen Mäuler auf- und zustießen. Die glitschigen Arme eines Tintenfisches hingen über die silberne, eingebeulte Schale einer alten Waage. Einem großen, grün und braun schillernden Karpfen hingen die Gedärme aus dem Maul. Mit Blutflecken im Gesicht lief Frocio mit dem Jungen auf die mit dem Kopf nach unten an Fleischerhaken hängenden, enthäuteten und halbierten Lämmer zu, vorbei am überrascht seinen Kopf hebenden, mit dem Handballen Luft aus einer Stierlunge drückenden Macellaio, vorbei an den blutbefleckten, faltigen, weißen Spanferkeln, die mit einem Fleischerhaken am Genick und an den Fesseln der Hinterbeine aufgehängt worden waren. Als der im Rhythmus der Discomusik tuntenhaft sich bewegende und immer wieder »Mille Lire! forza! dai!« rufende Wildbretverkäufer einen auf der Verkaufstheke liegenden Fasan am bunten Schwanz faßte, blieb der Körper des Toten steif, wie ein Blumenstrauß – Gott zum Gruß – einen Moment lang in seiner Hand stehen, nur der Kopf des Tieres fiel auf die Brust. Frocio lief vorbei an den gerupften, auf großen Feigenblättern ausgebreiteten Wachteln, denen mit Nadeln die Preisschilder in den Bauch gesteckt worden waren, dem offenen, mit einem Holzstab aufgespreizten Bauch eines kopfunter hängenden Rehs und der bluttropfenden Schnauze eines borstigen Wildschweinkopfes. Er lief mit dem Jungen auf die enthäutete Froschschenkel in die Höhe haltende und mit ihrer rauhen Stimme immerzu »Vuole! dica! coraggio! vuole!« rufende zahnlose, faltige Froschhändlerin mit den schwarzen Schimpansenfingernägeln zu, die ihre auf einen dünnen Eisenring gefädelten Froschschenkel immer wieder in einen Wassereimer eintauchte und erschrocken mit den wassertropfenden, glänzenden Froschschenkeln zur Seite trat, als der verzweifelte dicke Mann sich ihr mit dem Jungen auf dem Arm näherte, auf dicke, über den Asphalt kriechende Weinbergschnecken tretend, und auf den verschmutzten, immerzu vor einem Knochenabfallhaufen lauthals Reden haltenden Mann zulief, der auf seiner Brust ein großes Heiligenbild trug, auf dem der junge David den an der Stirn verletzten Goliath mit einem Schwert köpfte. Schreiend schlug ein Macellaio den Kopf eines Hasen auseinander und entblößte die beiden Gehirnhälften. Die eine Hasenschädelhälfte mit dem roten Auge fiel links, die andere Schädelhälfte mit dem roten Auge fiel rechts aufs rosarote Fettpapier mit dem Wasserzeichen. An einem Fleischerhaken, zwischen zwei mit dem Kopf nach unten hängenden Wildhasen, pendelte das mit einem roten Frauenstrumpfband befestigte, in Goldpapier eingepackte Schokoladehufeisen hin und her. Vor einer Olivenölkanne mit arabischer Aufschrift, aus der zusammengekrallte, gelbe Hühnerfüße mit den schmutzigen Krallen herausschauten, rutschte der dicke Frocio auf mehreren weißen Hasenpfoten aus, brach mit dem blutüberströmten Jungen in die Knie, raffte sich, »Bello mio! figlio mio!« rufend, wieder auf und lief auf die Hühnerhändlerin zu, die den Kopf eines Huhns auf den Nacken zurückgepreßt und mit dem Messer den Hals des zappelnden und Blut verspritzenden Tiers aufgesäbelt hatte. Das sterbende Huhn streckte weit seine Flügel aus und krallte die gelben Füße mit den langen schmutzigen Nägeln mehrere Male zusammen, ehe es zuckend verendete und der Kopf leblos auf die blutdurchtränkte Brust fiel. Blutverschmierte, weiße Hühnerfedern klebten auf den violetten Stoffveilchen, die den Rand eines mit frischen Eiern gefüllten Weidenkorbes verzierten. Wespen hockten, verbissen an den Fleischresten nagend, auf mehreren mit Sägespänen beklebten Rinderwirbelsäulen. Mit einem Rindsknochen im Maul wälzte sich ein weißgrauer Husky mit blauen Augen auf dem feuchten Boden. In den Löchern der tödlichen Schußwunde in der Stirn von zwei an Fleischerhaken hängenden, leichenweißen Kuhköpfen steckte das Preisschild. In ihren Mäulern, zwischen Zunge und Unterkiefer, klemmten frische Rosmarinzweige, und zwischen den Kuhköpfen – ihre langen Augenlider waren blutverklebt – hing an einem rosaroten Rosenkranz ein grüner, phosphoreszierender Jesus, dem die Arme abgebrochen worden waren. Vor einem fünfzehnjährigen, fast kahlköpfigen Jungen mit einer Hasenscharte an seiner Oberlippe und an seiner rechten Hand zwei zusammengewachsenen Fingern, der die Preise seiner auf einem Obstwagen neben Orangen und Zitronen liegenden großformatigen Heiligenbilder ausrief, brach Frocio abermals in die Knie und wurde, ehe er sich mit dem Jungen noch einmal aufraffen konnte, vom Ananasverkäufer und von der Zitronenhändlerin festgehalten. Der Kopf des Knaben mit den zerzausten und mit Blut verklebten Haaren hing über die dicken, behaarten Unterarme des heftig schnaufenden und keuchenden, vor sich hinstarrend Speichel verlierenden, dicken Mannes. Er legte den reglosen Körper auf den nassen, mit Sägespänen bestreuten, feuchten Boden, drückte seine Lippen auf den Kopf des Verunglückten, beschmierte verzweifelt mit dem aus dem aufgerissenen Brustkorb sickernden Blut sein feistes Gesicht mit dem Dreitagebart, lief hinter die Verkaufsstände in den Park der Piazza Vittorio und krallte sich laut schluchzend, am nassen Oleanderstrauch mit den vanillefarbenen Blüten fest. Blutverschmiert waren Nase und Ohren des Jungen, blutig auf dem zerrissenen Leibchen waren die Beatles und die orangefarbene Aufschrift *Yellow Submarine*. Am

rechts aufgerissenen Brustkorb konnte man zwei weißen Rippen sehen, über die immer wieder Blutstropfen perlten. Blut sickerte in seine gelbe Leibwäsche ein und rann über seine nackten, gebräunten Oberschenkel hinunter. Rings um den Jungen, zwischen schimmeligen Orangen und Zitronen, aufgebrochenen Granatäpfeln und zerquetschten grünen Feigen, lagen leise knisternde, sich im Wind bewegende und drehende, zerknitterte Orangenpapiere von den sizilianischen Moro-Blutorangen, auf denen der Kopf eines Negermädchens mit großen Ohrringen abgebildet war.
Rings standen sie um den auf dem Boden liegenden Körper des Jungen, hilflos und bestürzt, entsetzt und neugierig, die Fleischhauer mit ihren blutbefleckten Schürzen und haarigen Unterarmen, die knisternd Pistazienschalen mit ihren rotlackierten, brüchigen Fingernägeln aufbrechende junge, Kunststoffnelken in ihrem strähnig nassen Haar tragende Zigeunerin, der graue Plastikskelette mit rotäugigen Totenschädelchen verkaufende Mann, der seine von einem Halsband gehaltene Kiste zugeklappt hatte, der weinend zitternde Principe mit den silbern glänzenden Fischschuppen an seinen Handrücken, der sich niederkniete, mit seinen Händen Blut vom Oberkörper des Jungen wischte und immer wieder, seinen Kopf zum Himmel hebend, »No! no!« und »Mio dio! mio dio!« schrie, die beiden halbwüchsigen, neugierig auf den Reglosen schauenden, Hand in Hand durch den Markt strawanzenden marokkanischen Strichjungen, der dürre, stets zu Scherzen aufgelegte, nun mit offenem Mund und eingefallenen Wangen auf den Verunglückten starrende

Pferdefleischverkäufer und die schluchzende mit vergoldetem Schmuck über und über behängte und »Jesus! Jesus!« murmelnde, solargebräunte, vergoldete Augengläser tragende Eingeweideverkäuferin mit den langen roten Fingernägeln. Die kleine, faltige, graue Froschverkäuferin hatte den Ring mit ihren enthäuteten Froschschenkeln in den Wassereimer zurückgeworfen, kratzte mit ihren schwarzen Schimpansenfingernägeln an ihrem mit vereiterten Pickeln übersäten Gesicht und flüsterte mit zahnlosem Mund und leiser, rauher Stimme: »O Dio! o Dio mio!« Der Araber, der den Mund nicht mehr ganz schließen konnte, dem bei einem Unfall an seiner Unterkieferpartie ein Muskel durchtrennt worden war, der ein Plastiksäckchen in den Händen hielt, aus dem ein Büschel Petersilie und der Schädel einer schwarzgelben Muräne herausschauten, bestaunte mit seinen glasigen Augen den blutüberströmten, auf dem Boden liegenden Jungen. Der betrunkene, bärtige neapolitanische Marktsänger mit seinen von Schlangenmotiven und Pfeilen tätowierten, starkbehaarten Unterarmen warf seine schmierige Sardinendose, aus der er Bier geschlürft hatte, auf die Fleischabfälle, eilte heran und pfiff, auf den Jungen starrend, mehrere Male leise. »Mamma mia! Mamma mia!« rief die Zigeunerin mit den farbigen Kunststoffblumen im strähnig nassen Haar, an einer grünen Pistazie knabbernd. Gemüse-, Fleisch- und Südfrüchtesäcke haltende Käuferinnen schauten, auf Zehenspitzen stehend, über die Schultern der Fleischhändler. Zunge und die blutige Kinnspitze eines Lammschädels schauten aus einer Einkaufstasche heraus. Die alte,

dicke Bettlerin stellte ihren verlotterten, mit blutiger Plastikplane ausgelegten und mit Schlachtabfällen gefüllten Kinderwagen an den Straßenrand und näherte sich, mit ihren dicken, verschmutzten Armen rudernd, der Menschenansammlung. Der Straßenmaler schloß seine mit farbiger Kreide bestäubten Hände vor seinem Gesicht zum Gebet und biß in seinen rechten Zeigefinger. Der bärtige, eine braune Kutte tragende Kapuzinermönch kniete vor dem Jungen nieder und legte ihm ein Heiligenbildchen auf den Schoß, auf dem Maria mit dem Jesukind auf der Flucht nach Ägypten dargestellt war: Ein Engel mit ausgebreiteten Flügeln reichte der rot- und blaubekleideten, von der Strapaze ausruhenden Maria eine Schale mit Pfirsichen, Erdbeeren und Feigen, das splitternackte Jesukind langte nach den Südfrüchten, Maria hielt zwischen Daumen und Zeigefinger eine grüne Feige am Stengel. Abgestiegen von seinem Fahrrad, an dem ein Wetzstein montiert war, war der Messerschleifer, der die beiden mit geneigtem Kopf und Wange an Wange neugierig nebeneinanderstehenden, einander immer wieder ins Gesicht schauenden marokkanischen Strichjungen zur Seite drängte und auf den blutüberströmten Reglosen gaffte.
Die langen, nassen Wimpernhaare seines linken, offenen Auges berührten die Augenbraue, die langen, blutverklebten Wimpernhaare seines rechten, geschlossenen Auges berührten seine mit Sommersprossen übersäten Wangen. Gebrochen waren mehrere abgeknickte und weit voneinander stehende Finger mit ihren von Tintenfischen schwarzgefärbten Fingernägelrändern. Die igelstachelartigen, aus dem Stirnfleisch ragenden

schwarzen Chirurgenfäden an der Wunde, die er sich beim kreisenden Ventilator am Fischstand zugezogen und die eine Ärztin im Krankenhaus versorgt hatte, waren deutlich zu sehen, das breite Hansaplast war abgerissen. Weder sein kleines silbernes Kruzifix, das er um seinen Hals trug, noch das orangefarbene Maskottchen junger Römer dieses Sommers, der kleine Kunststoffschnuller, der an seinem Ohrläppchen hing, waren an seinem Körper geblieben, nur der dünne, etwas zu große goldene Ring, den er, wenn er am Fischstand gelangweilt auf Käufer wartete, mit dem Daumen im Kreis drehte, hing noch am blutigen Ringfinger seiner rechten Hand. Der Macellaio, der über seine rechte Hand einen weißen Chirurgenhandschuh gestreift und ein rotes Stecktuch in der Brusttasche seines Fleischhauermantels stecken hatte, der den Puls des Jungen befühlt, sein unteres Augenlid weiter nach unten gezogen und in das Weiß des Augapfels hineingestarrt hatte, wollte den Körper mit einem schwarzen, aufgeschnittenen Plastikmüllsack abdecken, aber ein anderer Fleischhauer, der einen orangefarbenen Kunststoffschnuller an seinem rechten Ohrläppchen trug, hinderte ihn daran mit dem Hinweis, daß er kein Arzt sei und nicht das Recht habe, den Jungen für tot zu erklären und ihn gar mit einem schwarzen Müllsack zuzudecken, wobei ihm wiederum der Macellaio mit dem Chirurgenhandschuh heftig gestikulierend zu verstehen gab, daß er es unerträglich finde, wenn neugierige, unglückssüchtige Passanten auf den Jungen starren, immer mehr Leute kommen und sich herandrängen. Eine Passantin, die sich als Krankenschwester auswei-

sen und die beiden Streithähne, kurz bevor sie handgreiflich wurden, beruhigen konnte, befühlte den Puls des Jungen und hob seinen Kopf an. Sie schlug ein Kreuzzeichen, küßte ihre Fingerspitzen und murmelte, ihr Haupt zum Himmel hebend: »Jesus Maria!«
Wenige Minuten später tauchten, fast gleichzeitig, mit Blaulicht und Sirene ein Ambulanzwagen und ein Carabinieriauto auf. Zwei schwarzgekleidete Carabinieri schlugen die Autotüren zu, ein Arzt eilte mit einer dicken Doktortasche zum Verunglückten. Die Sanitäter öffneten die Hintertüre des Ambulanzwagens und schoben eine Tragbahre heraus. Der Arzt befühlte den Puls, schob die Augenlider auseinander, legte seine Hand auf die blutige Brust und drückte, heftig schnaufend, die Handballen mehrere Male aufs Herz des Jungen. Nachdem er wieder und wieder den Puls befühlt, den Kopf des Jungen angehoben, die Halswirbel abgetastet hatte, legte er die beiden Hände des Knaben auf die Brust, aus der immer noch Blut austrat. Der Arzt bekreuzigte sich, streifte seine durchsichtigen, blutigen Chirurgenhandschuhe von seinen Fingern und küßte seine Fingerspitzen. Piccoletto wurde von den Sanitätern mit einem weißen, dünnen Kunststofftuch zugedeckt, auf die Tragbahre gehoben und in den Rettungswagen hineingeschoben. Seine schwarzen Augenbrauen und das auf seinem Schoß liegende farbige Heiligenbildchen schimmerten durch das Kunststofftuch. Der geschockte, verstört vor sich hinstarrende und Speichel verlierende Frocio mit dem Blut des Jungen in seinem bärtigen Gesicht und an seinen Händen – auch sein Leibchen mit dem Aufdruck *Hawaii*

und dem Bild eines Surfers mit hocherhobenen Händen war blutbefleckt – wurde zu einem Auto gebracht, nasse, zerquetschte, vanillefarbene Oleanderblüten fielen aus seinen Haaren, als er sich bückte und in den Wagen stieg. Seine Arbeitskollegen Principe und Nazi-Skin, beide bleich im Gesicht, räumten schweigend mit nervösen Handbewegungen den Fischstand auf, warfen die mit Fischeingeweiden beschmierten Porozellkisten übereinander auf die kreuz und quer auf dem Boden liegenden Fischköpfe, über den großen Schädel des Schwertfisches, dem die Augen ausgeschält worden waren. Principe trat mehrere Male an den Straßenrand und erbrach sich über den im Rinnstein schwimmenden Fischabfällen. Es hatte inzwischen zu regnen aufgehört, die Sonne kam wieder durch, die Luftfeuchtigkeit war hoch, es roch nach verfaulendem Fisch und Fleisch, nach verdorbenem Obst und Gemüse, Pinienzapfen fielen im sonnendurchfluteten Park der Piazza Vittorio, unmittelbar hinter den Verkaufsständen, von den Bäumen, die schwarzen, rußigen Pinienkerne spritzten auf den dampfenden Asphalt, heftig gestikulierend standen die Fleischverkäufer, die ihre Stände bereits geschlossen und ihre blutbefleckten Schürzen abgelegt hatten, am Straßenrand vor den regennassen Fleischabfällen, den gelben Hühnerbeinen, Hühner- und Hahnenköpfen, Rindsknochen, halbfaulen Lungen, verdorbenen Zitronen, auseinandergebrochenen grünen und violetten Feigen, schimmeligen Pfirsichen und entkernten Marillen. Hinter den Verkaufsständen auf einer Rasenfläche, auf der zwischen blühenden Oleandersträuchern und Rosenstauden leere Nastro-

Azzurro-Bierflaschen, Cola- und Fantadosen lagen, saßen zwei Mädchen, die eine weinte bitterlich, die andere starrte mit glasigen Augen auf eine unmittelbar vor dem schluchzenden Mädchen hockende schwarzweiße Katze, die ihren Schwanz um ihre Pfoten geschlungen hatte. Ab und zu zuckten die innen rosaroten, außen weißen, gespitzten Katzenohren. Die Marktbar, die sonst längst geschlossen hatte um diese Zeit, war nach diesem tragischen Ereignis noch offen. Der Barista servierte den kreuz und quer durcheinanderredenden, immer wieder ihre Innenhandflächen auf die Stirn schlagenden und klatschenden Marktverkäufern Wein, Grappa, Cappuccino und Espresso. Der Regen hatte den mit farbigen Kreiden gemalten Heiligen Sebastian mit den Blutstropfen an den Pfeilen vom Asphalt gespült. Mehrere zerbrochene Kreiden, ein zerrissenes Kreuzworträtselblatt und das Heiligenbildchen mit dem San Sebastiano von Guido Reni, das dem Maler als Vorlage gedient hatte, schwammen zwischen Fischköpfen, Haifischflossen und Eingeweiden in einer blutdurchtränkten Wasserlache.

AN DER UNGLÜCKSSTELLE wurde eine große, aufgeschnittene Olivenölkanne mit Blumen an den Straßenrand gestellt und an einer Laterne festgebunden, rote und rosafarbene Gladiolen, gelber Ginster, vanillefarbener und roter Oleander. Zu einer schwarzgekleideten Nonne, deren Gesicht voller Warzen war, die kniend am Straßenrand vor den Blumen mit einem Rosenkranz betete, gesellten sich zwei Kinder, ein

Mädchen und ein Junge und sprachen im römischen Dialekt ein Kindergebet. Zu ihren Füßen lagen zwei große, rote Wasserspritzpistolen. Aus dem gegenüberliegenden offenen Musikgeschäft, aus dem ein völlig verschmutzter, junger, eine große Colaflasche in der einen, einen grünen Papagei auf einer Stange in der anderen Hand haltender Neger herauskam, hörte man leise Harmoniumspiel. Ein kleines Mädchen mit einem roten Ginsterkränzchen auf dem Haupt streckte dem Türgriff des danebenliegenden Handschuhfachgeschäftes, der aus einer glattgeschliffenen und polierten Holzhand bestand, immer wieder ihre rechte Hand entgegen und rief »Buon giorno! buona notte! buon giorno! Auguri e tante belle cose!«. Wie alltäglich, wenn die Verkaufsstände geschlossen worden waren und die Händler das Marktgelände verlassen hatten, nur mehr arme, alte Römerinnen und Römer und ein paar Kriegsflüchtlinge aus Bosnien aus den Abfällen noch brauchbare Lebensmittel heraussuchten, tauchten hungrige Katzen und Hunde auf, Ratten und Mäuse kamen zum Vorschein. Die orangefarbenen Wagen der römischen Müllabfuhr fuhren auf das Marktgelände, vier Araber und zwei Neger häuften mit Besen die Abfälle übereinander und schaufelten sie in die offenen Mäuler der Müllwagen hinein. Am nächsten Tag war der Marktstand *Pescheria Damino* geschlossen, rote und weiße zusammengebündelte Gladiolensträuße lagen auf dem Boden, das Licht einer großen roten Kerze flackerte windgeschützt in einem Plastikbehälter.

WEISSER GINSTER

»Sotto la scure il disilluso ramo
Cadendo si lamenta appena, meno
Che non la foglia al tocco della brezza …
Ma fu la furia che abbatté la tenera
Forma e la premurosa
Carità d'una voce mi consuma …«

»Unter dem Beil der enttäuschte Zweig,
Wenn er fällt, er beklagt sich kaum, so wenig
Wie das Blatt bei der Berührung der Brise …
Aber es war die Furie, die die zarte Gestalt
Niederschlug, und die nachdrückliche
Barmherzigkeit einer Stimme verzehrt mich …«

DREI MÄNNER, die eine Pferdedecke auf der Kühlerhaube eines Autos ausgelegt hatten, spielten Karten und warfen, gegenüber dem Krankenhaus, vor dem Eingang eines geschlossenen, verwahrlosten Altwarenladens, ihre Trümpfe auf die Kühlerhaube. Nahezu einen Meter hoch war das Schaufenster des Antiquitätenladens mit wahllos übereinanderliegenden verstaubten Puppenköpfen und Puppengliedmaßen gefüllt. Deutlich konnte man die vier weißen Vorderzähne eines schmutzigen, an die Innenseite der Schaufensterscheibe gepreßten Puppenkopfes sehen. Dahinter lag ein ausgestopfter, auf Hochglanz lackierter, fast einen halben Meter langer Krebs zwischen alten kupferfarbenen Schiffslampen. Links vom Krankenhauseingang stand ein Gipstopf mit rosafarbenem Oleander, rechts vom Eingang ein noch größerer mit mehreren Büscheln frischen, stark duftenden, sich im Wind bewegenden Lavendels. Zwischen den Lavendelsträußen schwirrte eine Biene, eine andere saugte Nektar aus einer Blüte, zwischen den Oleanderblüten tummelte sich eine Hummel. Mit hocherhobenem Haupt auf einem Balkon stehend, wälzte ein grüngekleideter Chirurg Zigarettenrauch genußvoll im Mund, bevor er den Rauch langsam, immer wieder mit den Lippen abstoppend, aus seinem Mund quellen ließ und, ohne hinzusehen, seine braunen Finger an die Zigarettenspitze tippte. Er ließ erschrocken den Glimmstengel fallen und steckte seine Fingerspitzen in den Mund. Im Hof des Krankenhauses, zwischen Totenblumenbuketts und einem

Lieferwagen, auf den ein Stapel Matratzen aufgeladen wurde – eine Matratze war blutbefleckt –, spielten zwei Knaben mit einem weichen, schwarzen, fast lautlos an die Mauer prallenden Gummiball. Der schwarze, hohle Arm einer Negerpuppe lag neben einer Mülltonne zwischen Pinienzapfen und schwarzen, rußigen Pinienkernen. Zwei faltige Frauen mit grauen Gesichtern, bekleidet mit blauweiß gestreiften Morgenmänteln, drehten sich vom Krankenzimmerfenster weg und wandten sich ihren bärtigen, am Tisch sitzenden Männern zu, die beide tiefe Ringe unter den Augen hatten. Auf dem Fensterbrett eines anderen Krankenzimmers stand eine Vase mit roten Gladiolen, auf dem Nachttisch eine halbleere Mineralwasserflasche. Die angezogenen Beine eines Patienten waren mit blauer Krankenhausbettwäsche abgedeckt. In einem Kinderzimmer flackerte auf dem Nachttisch ein winziges elektrisches, fadendünnes, rotes Lichtlein zu Füßen einer in eine Glasglocke eingehüllten, das Jesukind auf dem Schoß haltenden Jungfraumaria. Eine Katze mit einem kaputten Auge strich mit erhobenem Schwanz unter dem Fenster des Kinderzimmers hin und her.

WEINEND TRAT eine vollkommen schwarzgekleidete, einen schwarzen Schleier tragende, neben einem vierzehnjährigen Mädchen und einem älteren Mann stehende Frau, deren Gesicht man nur undeutlich erkennen konnte, zur Seite, als ein blondes, bleiches Mädchen mit verweintem Gesicht in die Verabschiedungshalle eintrat und sich mit einem Veilchensträußchen dem offenen Sarg näherte. Der pfeifend kreisende Ventilatorflügel schlug den Besuchern Leichengeruch ins Gesicht. Mit leicht geöffnetem Mund – man sah die schöne Zahnreihe seines Oberkiefers – lag Piccoletto im Sarg. Sein Kopf mit den leicht eingefallenen Wangen und den tiefliegenden, dunkel umrandeten Augen war von einem hellblauen Tuch umschlungen. Deutlich konnte man das Loch für den Ohrring, an dem das kleine römische Maskottchen gehangen hatte, in seinem aus dem Tuch herausschauenden Ohrläppchen sehen. Seine langen Wimpern berührten die mit Sommersprossen übersäten Wangen. Niemand hatte die schwarzen stacheligen Chirurgenfäden an seiner Stirnwunde entfernt, die er sich beim kreisenden Ventilator am Fischstand zugezogen hatte, wie die Andeutung einer kleinen unvollendeten Dornenkrone hingen die Chirurgenfäden an seiner Stirn. Spröde waren seine Lippen, ein wenig mit rosarotem Lippenstift aufgehellt. Um seinen Hals trug er nun wieder ein goldenes Kettchen mit einem Kruzifix. Einen kleinen, geflügelten Engelskopf hatte man dazugehängt. In seinen gelblichen Händen – die Fingerspitzen waren blau, die Fingernägel leicht gewölbt – steckte ein Strauß weißer Ginster, verziert mit einem blauen Band. Den goldenen Ring am Finger seiner rechten Hand, den er am Fischstand oft gelangweilt mit dem Daumen im Kreis drehte, hatte man ihm nicht abgenommen. Rings um den Katafalk mit schwarzen Gummirädern lag eine Unzahl von Blumenbuketts. Auf einem Blumenbukett mit roten Nelken und weißen Rosen hing ein rotes, herzförmiges Werbeetikett, auf dem *Italflora* geschrieben stand. Das blonde, bleiche Mädchen mit dem verweinten Gesicht küßte ihre Finger, mit denen sie ein Kreuz auf ihrer Stirn geschlagen hatte, und legte dem toten Jungen das Veilchensträußchen auf den Schoß.

IN DER KIRCHE, die keine fünfzig Meter vom Krankenhaus entfernt war und in der die Totenmesse gelesen wurde, saßen neben der schwarzgekleideten, schluchzenden Feigenverkäuferin, ihrem immer wieder ein mit Blumen besticktes Taschentuch an die verschwollenen Augen drückenden Mann, der vierzehnjährigen, weinenden Schwester des Toten, die eine leise winselnde, weiße Hundewelpe auf ihrem Schoß hielt, und den Verwandten auch Patienten des Krankenhauses in Schlafanzügen und Bademänteln in den Kirchenbänken. Zwischen mehreren Krankenhausangestellten, die braune und hellblaue Arbeitskleider trugen, saßen Frocio und Principe, sowie mehrere bekannte Gesichter vom Markt auf der Piazza Vittorio, der hagere, faltige Pferdefleischverkäufer, die dicke, ständig mit einem Augenlid zuckende Zitronenhändlerin, die Froschschenkelverkäuferin, die ihre Hände mit den schwarzen Schimpansenfingernägeln zum Gebet gefaltet hatte, die zahnlose, halbblinde Rughettaverkäuferin, die in ihrer rechten, verkrüppelten Hand ein Kruzifix hielt, der Ananasverkäufer mit dem verhärteten Gesicht, der ein Vexierbild an einer Kette um seinen Hals trug, auf dem man das vergoldete Antlitz seines ebenfalls tödlich verunglückten Sohnes sehen konnte, einmal mit geschlossenen, einmal mit geöffneten Augen, die blonde, solargebräunte, mit vergoldetem Schmuck behängte Eingeweideverkäuferin mit den langen, roten Fingernägeln und der kahlköpfige, asthmakranke, ständig vor sich hin hüstelnde Tabaccaio waren auch zur Totenmesse gekommen und starrten unablässig auf den mit Blumen über und über bedeckten, vor dem Altar stehenden Sarg, in dem ihr junger Arbeitskollege und Freund eingebettet lag. Die schwarzgekleidete Nonne, deren Gesicht voller Warzen war, betete laut vor, mit ihrem rosaroten Rosenkranz raschelnd, an dem ein kleines, im Licht blinkendes Silberkruzifix pendelte. Der zahnlose Zitronenhändler drückte sein mikrophonartiges Gerät an seinen Hals, aus dem man mit leiser computerartiger Stimme im römischen Dialekt die Gebetssprüche hörte. Neben dem Sarg, an der Kopfseite, unmittelbar vor dem Altar, kniete der fünfzehnjährige, fast kahlköpfige Junge mit einer Hasenscharte an seiner Oberlippe und an seiner rechten Hand zwei zusammengewachsenen Fingern, der eine große, brennende Wachskerze in den Händen hielt. Der violett gekleidete Priester ging zuerst mit dem rauchenden Weihrauchfaß, dann mit einem Weihwasserwedel um den Sarg herum. Frocio, mit Psychopharmaka ruhiggestellt, war rasiert und hatte tiefe Augenschatten, er trug ein kurzärmeliges Hemd mit blauen und gelben Schmetterlingen. In seiner Hand hielt er einen Strauß weißen, stark duftenden Ginster. Principe war unauffälliger gekleidet, trug aber auch ein kurzärmeliges Hemd. Quer auf seinen Oberschenkeln lagen mehrere rote Gladiolen. Nazi-Skin war nicht zu sehen.

Unter dem Altar stand ein versiegelter, geschliffener Glassarg, in dem, in eine hohle Puppe eingehüllt, die sterblichen Überreste einer Heiligen lagen. Ihr Kopf ruhte auf einem weißen, mit Goldfäden verzierten Samtkissen. Ihre Füße wurden von einem faltigen, samtüberzogenen, zylinderförmigen Polster gestützt, das ebenfalls mit Goldfäden verziert war und an dem, wie am Kopfpolster, eine Goldkordel hing. Die Hände der Puppe waren mit einem Rosenkranz umwickelt. Links und rechts vom Altar standen zwei laternenartige, Lichtgefäße tragende Marmorengel. In den Altar war ein Bild der Muttergottes mit dem Jesukind eingelassen. Das Jesukind hielt das zukünftige, beschwerte und leidende Herz des erwachsenen Jesus in der Hand. Die Muttergottes hielt das goldstrahlende, mit einem Schwert durchstochene Herz ihres gekreuzigten Sohnes. Eine Nonne machte in ihrem kleinen Heiligenkitschladen neben dem Sakristeieingang ein Kreuzzeichen, als sie vom Altar die Gebete des Totenmesse lesenden Priesters hörte. Sie kniete vor ihren ausgestellten Kunststoffkruzifixen und Kunststoffmadonnen nieder, bekreuzigte sich noch einmal und stand wieder auf. Auf einem Plakat in ihrem engen Heiligenutensilienladen stand zu lesen *Radio Maria. Una voce cristiana nella tua casa.* Zur selben Zeit fand auf der Straße vor dem Kircheneingang und vor dem Krankenhaus eine Bauerndemonstration statt. Landwirte warfen kiloweise in kleine, gelbe Kunststoffsäcke verpackte Erdäpfel auf Gehwege, auf die Steinstufen des Kirchenaufganges, vor den Krankenhauseingang und riefen in ihre trichterförmigen, knisternden und dröhnenden Megaphone hinein: »Il settore agricolo di Barletta protesta Roma!« Ein paar Bauern wollten in die Kirche eintreten, blieben aber, ein Kreuz schlagend, an der Kirchentürschwelle stehen, als der Priester, vor dem mit Blumen bedeckten Sarg eine Hostie in die Höhe hebend, »O Gesù!« rief und der fünfzehnjährige, kahlgeschorene Junge mit der Hasenscharte an seiner Oberlippe, der eine große brennende Wachskerze hielt, seinen Kopf verdrehte und zum Kircheneingang zurückschaute.

ROTER GINSTER

»Non più furori reca a me l'estate,
Né primavera i suoi presentimenti;
Puoi declinare, autunno,
Con le tue stolte glorie:
Per uno spoglio desiderio, inverno
Distende la stagione più clemente! ...«

»Keine Begeisterung kostet der Sommer mich mehr,
Noch der Frühling Ahnungen;
Du kannst dich neigen, Herbst,
Mit deinen törichten Glorien:
Für einen ausgeraubten Wunsch breitet der Winter
Die gnädigste Jahreszeit aus! ...«

ALS EIN PAAR TRAUERGÄSTE die große Leichenhalle am Campo Verano betreten wollten, in der wohl zehn ungeschmückte Särge nebeneinander auf Katafalken mit schwarzen Gummirädern standen, stellte sich der dicke, stumme Leichenhallenwärter vor die Eingangstür, schüttelte seinen Kopf, stieß unverständliche Laute aus und drückte mehrere Male seine Nasenflügel zusammen. Aus der offenen Leichenhalle hörte man das Schwirren und Pfeifen mehrerer an der Decke montierter Ventilatoren. Links und rechts neben dem Eingang der Leichenhalle und an der Mauer lagen Blumensträuße und Blumenbuketts.

DER SARG mit den sterblichen Überresten Piccolettos stand schließlich neben sieben anderen Särgen vor einer breiten Grube, die ein Friedhofsbagger ausgehoben hatte. Nacheinander nahm der Priester die Einsegnung der Toten vor. Piccoletto fand seine letzte Ruhestätte neben einem Kindergrabstein, auf dem zu lesen war *Gesù tolse a mamma e papà l'unico tesoro e portò fra gli angeli il piccolo Tommasino*. Als eine knappe Stunde später der Friedhofsbagger die Erdlöcher zuschüttete und Erdknollen auf die Särge polterten, die Friedhofsarbeiter Erdhügel aufhäuften und die vorbereiteten weißen Holzkreuze mit den Namen, den Geburts- und Sterbedaten der Toten in die Erde steckten, waren keine Verwandten und Bekannten der Verstorbenen mehr zu sehen.

IM ALTEN TEIL des Campo Verano, zwischen eisernen Prunksärgen und Totenfackeln haltenden, verwitterten und bemoosten Engelsstatuen, irrte miauend und immer wieder »Buona notte, anima mia!« murmelnd, der verwirrte, dicke, ein kurzärmeliges Hemd tragende Frocio mit einem Strauß roten Ginster umher.

Zitiert wird auf Seite 6 aus *Vita d'un uomo – Tutte le poesie* von Giuseppe Ungaretti das Gedicht »Imbonimento« (Mondadori 1969, Seite 387), auf den Seiten 8, 28, 50, 66, 90, 100 aus Giuseppe Ungarettis Gedichtzyklus »Giorno per giorno«, den der Dichter nach dem Tod seines neunjährigen Sohnes Antonio schrieb. Deutsche Übertragung von Ingeborg Bachmann. (Giuseppe Ungaretti, *Gedichte*, Italienisch und deutsch, Übertragung und Nachwort von Ingeborg Bachmann, Suhrkamp 1961)